◆▶ 中国文学名家散文精选丛书

则见风月暗消磨

禾塘 著

江西高校出版社
JIANGXI UNIVERSITIES AND COLLEGES PRESS

南 昌

图书在版编目（CIP）数据

则见风月暗消磨 / 禾塘著 . -- 南昌：江西高校出版社，2025. 6. --（中国文学名家散文精选丛书）.
ISBN 978-7-5762-5634-5

Ⅰ . I267

中国国家版本馆 CIP 数据核字第 2024W5A879 号

责 任 编 辑　游浩文
装 帧 设 计　夏梓郡

出 版 发 行　江西高校出版社
社　　　　址　江西省南昌市新建区工业二路 508 号
邮 政 编 码　330100
总 编 室 电 话　0791-88504319
销 售 电 话　0791-88505090
网　　　　址　www. juacp. com
印　　　　刷　鸿鹄（唐山）印务有限公司
经　　　　销　全国新华书店
开　　　　本　650 mm×920 mm　1/16
印　　　　张　12.5
字　　　　数　154 千字
版　　　　次　2025 年 6 月第 1 版
印　　　　次　2025 年 6 月第 1 次印刷
书　　　　号　ISBN 978-7-5762-5634-5
定　　　　价　58.00 元

赣版权登字 -07-2024-1067

序

周立民

　　判断一个国家也好，一个民族也好，文化到底有没有实力，真的不在于研究院里有多少人，可能真正在于我们的民间，不是做这样专业的人，不是一定要写某篇文章的人，我们有一颗向文之心，我们愿意做这样的事，我们投入的是生命，是我们的兴趣，这样做的事情，我觉得它才是有意思的一个事情，是把自己的生命燃烧了，也把你自己叙述的对象照亮了这样一个东西。所以你说讲成就，地球现在有多少人？我觉得对于我们这样一个普通人来讲，不是说天才，我们可能八辈子也不会达到某些人的成就，但是并不等于我们的人生就没有价值。我想我们的人生价值可能有很多，就是找到了我们为之怦然心动的东西，找到了我们为之可以付出，可以拿来让他燃烧我们自己生命的这样的一个东西。那么禾塘显然他有他自己的这样的一方世界，他可能是经常，不是跑到杭州，就是苏州，就是上海去看戏，我觉得这个真的是你找到了你自己的一方天地，你的人生也安稳了，岁月静不静好跟你也没关系了，你是静好的，岁月可能也是太平的。所以我是觉得这一点也是很重要的。这是一种发自个体的这样一个文化行为，发自个体的这样一个情趣的培养，这个不是某种号召，不是某一句口号，不是我们今天叫大家在一百天内干什么，不是我们街上到处贴的多少个字的标语，不是这样子的。我觉得文化一定不是靠这个建立，文化一定是靠着每个个体的这样的唤醒，他才能够营造真正的一种文化状态。那么你现在想一想，李白、杜甫，还有屈原，谁号召他们去写诗的？我觉得好像没有人去组织他们，没有人去号召他们。当然这种组织和这种号召的条件，可能也很重要，也更能触发你，把自己这样的才情发挥出来，我觉得一个触发点，一个根本，是一种个体文化意识的觉醒，文化意识的建立，乃至自己的一个个体的精神世界的寻找，这样的话，你是不会管外面怎么样的，如果有人来给你助一把东风，你自然会跑得更快，甚至更高。如果没有人，你就逆着风在走，我想你也会走得更踏实。

我其实蛮看重闲情的，如果我们做个事情，没有一点情怀，而且没有一点闲的东西在里面，我觉得就不太有意思，这样的话就会把我们的人生弄得很紧，弄得很紧不是做文化的状态，我觉得真正的文化，很少是在一个天天赶火车、赶飞机这样的状态做出来的，我们一直在呼吁这个时代为什么一直不产生大师。这个时代是产生不出大师的。像汤姆，他在小村绕来绕去绕了好多圈，他天天想的就是一个问题，我们一会儿在北京，一会儿在哈尔滨，脑袋里串了一百个问题，哪个问题都深入不进去，这其实是浮光掠影的一个碎片社会，对我们是一个极大的伤害。我很喜欢的就是这样的文章，里边有一些闲情，有一些才情，也有一些你对历史这样的一个敏感，哪怕是一小条，像是笔记、杂记这样的东西，恰恰也能够显示出来你内心里的个性，一些东西。

（周立民，文学博士，巴金故居常务副馆长、巴金研究会常务副会长）

目　录
CONTENTS

第三辑
少年不识愁滋味

第一辑

天下谁人不识君

　　20 世纪 20 十年代初，从日本留学归国的丰子恺，为了生活，也为了自己的兴趣，他选择了重执教鞭，教图画和音乐。从白马湖畔的春晖中学，到上海滩上的立达学院，丰子恺与一帮以教育兴国为志向的同仁们，辛勤奔波，鞠躬尽瘁。只有当丰子恺带着满身的疲惫，踏进自己的家门，一群像燕子似的孩子们叽叽喳喳地围着他，他才神清气爽，孩子们灵性、单纯、直接的生活方式，给经历过生活磨难的丰子恺以无限的遐想和憧憬。

　　丰子恺以漫画著称于世，虽寥寥几笔，却意味深长。其中以自己的孩子为模特创作的漫画，更是讨人喜欢，《阿宝赤膊》《阿宝两只脚，凳子四只脚》《软软新娘子，华瞻新官人，宝姊姊做媒人》《爸爸还不来》《办公室》《买票》《纳凉》《艺术的劳动》等，这些经典的漫画不仅赢得了当年读者的喜爱，即使在作品问世后的近百年时光里，仍为广大读者所推崇。之所以他的儿童漫画有如此长久的艺术生命力，是因为丰子恺总能从孩子的角度，以人性的思想光辉诉诸画笔。他在 1926 年为以自己的儿童题材漫画结集的《子恺画集》作序时一开始就写道："我的孩子们，我憧憬于你们的生活，每天不止一次！"1928年，丰子恺在老家石门湾过圣诞节，看着眼前一群活蹦乱跳的孩子，他由衷地感慨："近来我的心为四事所占据了：天上的神明与星辰，人间的艺术与儿童，这小燕子似的一群儿女，是人世间与我因缘最深的儿童，他们在我心中占有与神明、星辰、艺术同等的地位。"〔丰子恺：《儿女》（原载《小说月报》1928年第19卷第10号）〕

丰子恺儿女成群，几乎每个孩子都入过他的画，尤其是早期入画的几位，天真烂漫，童趣盎然，令人印象深刻。当年亲自把这些漫画手稿从丰子恺家墙上揭下来，制版后发表在他主编的《文学周报》上的郑振铎，二十多年后再次来到丰家，很想见见当年漫画里的几位主角。丰子恺满足了郑振铎的要求，从里屋把女儿阿宝和软软唤出来，两位大小姐已经大学毕业，都当了中学教师。郑振铎看到她们，用手在地上比画着说："我在江湾看见你们时，只有这么高。"大家不由得都笑了。时光的流逝，让丰子恺体味到了"人生的滋味"〔丰子恺：《湖畔夜饮》（原载《论语》1948年4月第151期）〕

令丰子恺欣慰的是，历经沧桑，儿女们都很争气。晚年的丰子恺虽遭遇了不公平的待遇，但看到眼前的儿孙们，他还能以诗释怀：

"风风雨雨忆前尘，七十年来剩此生。满眼儿孙皆俊秀，未须寂寞养残生。"

一、"爸爸到哪里我就到哪里！"

—— 大女儿丰陈宝

丰子恺早期有一幅漫画《阿宝赤膊》让人过目难忘！画中一个三岁

模样的小女孩，用稚嫩的小手紧抱着胸口，虽然丰子恺没画出小女孩的眼睛、鼻子，但女孩害羞的表情跃然纸上。这幅充满童趣的美术小品，成为丰子恺早期漫画的代表作品，也让人记住了这个可爱的小女孩——阿宝，她就是丰子恺的大女儿丰陈宝。

除了丰子恺去日本求学的这段时间，丰子恺一直把阿宝带在身边，从石门，到上海、嘉兴，再到白马湖。女儿的天真、乖巧、懂事和点滴的成长变化，带给了丰子恺诸多的快乐，也带给了他丰富的创作灵感。然而有一天，丰子恺瞬间意识到女儿长大了，深痛的悲哀一刹那间升起，让丰子恺产生了巨大的失落感："你在我的怀抱里长起来，在我的提携中大起来；但从今以后，我和你将永远分居于两个世界了。"他为此写下了著名的《送阿宝出黄金时代》一文。丰子恺毫不掩饰自己的不安，阿宝就要脱离黄金时代而走向成人的世界了，成人世界里的虚情假意、尔虞我诈，让做父亲的丰子恺又怎么能放心呢！他坚定地认为："我觉得你此行比出嫁更重大。"而且直言："我对于你此行很不放心。因为这好比把你从慈爱的父母身旁遣嫁到恶姑的家里去。"［丰子恺：《送阿宝出黄金时代》（原载）］丰子恺对女儿的一往情深一览无余！

丰陈宝非常崇拜她的父亲，也非常依赖她的父亲。她跟着父亲到过许多地方，她始终坚定地牢记一点："爸爸到哪里我就到哪里！"

抗日战争爆发后，丰子恺带着全家十来个人，开始了长达九年的流亡生活。逃亡途中，丰子恺没有放松对儿女们的文化教育，甚至还专门为孩子们请了家教。陈宝和弟弟华瞻如愿考入西迁至重庆的中央大学外文系，姐弟俩成为同班同学。1945 年 8 月抗战胜利，陈宝大学毕业，应聘到南开中学教英文。工作不到一年，丰子恺决定返回江南，陈宝也就辞去了南开中学的工作回到杭州工作。1948 年底，陈宝又在父亲召唤下，辞去了在杭州的工作，去厦门双十中学担任英语教师。

在双十中学，陈宝找到了自己一生的幸福！她与音乐老师杨民望［杨民望（1922—1986），福建厦门人，上海交响乐团资料室工作，中国音乐家协会会员，曾编撰《世界名曲欣赏》，获1984至1985年度（首届）上海文学艺术奖（音乐理论奖）］相爱了！1950年6月，陈宝和杨民望回上海结婚，丰子恺担任主婚人。婚后，杨民望在家从事翻译，陈宝则在中学教英语。当年10月，陈宝考进了中央音乐学院华东分院（即今上海音乐学院）研究室，从事翻译工作，陆续翻译出版了《辟斯顿和声学》《管弦乐法》和列夫·托尔斯泰的《什么是艺术》等艺术类专业书。

1979年，陈宝以高级编审的职称从上海译文出版社退休。退休后，参与父亲丰子恺的遗著编选和校订工作，成了陈宝退休生活中不可缺少的一部分。经过十多年的努力，陈宝和弟妹们共同完成了《丰子恺传》［《丰子恺传》（丰一吟、丰宛音、丰元草、丰陈宝、潘文彦、胡治均著）浙江人民出版社1983年2月第1版］的写作，编选了一套七册的《丰子恺文集》［《丰子恺文集》（全七卷）浙江文艺出版社1990年9月、1992年6月］和十六卷本的《丰子恺漫画全集》［《丰子恺漫画全集》（全十六卷）京华出版社1999年2月第1版］。

2010年12月1日，丰陈宝在上海因病去世，享年九十一岁。

二、丰子恺为女儿书写结婚证书

——次女丰宛音

1930年一个夏天的傍晚，嘉兴杨柳湾金明寺弄里一所老宅子里，丰子恺的次女林仙从父亲书房里捧出一大沓漫画原稿，坐到台阶前的一张椅子上，双脚搁在横挡上，聚精会神地翻看着漫画。她听见父亲说了一声"好了！"她不知是怎么回事，抬起头来一看，原来父亲刚刚把她专注看画的神态画了下来。这幅画就是丰子恺第四本漫画集《儿童漫画》[《儿童漫画》开明书店 1932 年 1 月初版]里的最后一幅画"此画的原稿的读者——林仙十一岁之象"。

1921 年 10 月 6 日，在日本留学的丰子恺听闻次女出生，岳父徐乃宣[徐乃宣（1861-1929），字力臣，号芮荪，崇德（今浙江省桐乡市崇福镇）人，光绪九年贡生，曾任民国崇德县督学、崇德书院院长等职]赐名"麟先"。日后丰子恺撰文写道："知道外公的用心了：'麟之趾，振振公子。'麟是男儿，先是先行，麟先就是男儿的先行。外公的意思，这女儿是将来的男儿的先锋。换言之，我们的阿二非为自己做人而投生，只是为男的阿三报信而来的。"

长大后的麟先非常讨厌这个重男轻女的名字，自己改名林仙，后又改名宛音。

宛音平时有个不好的习惯，字写得不满意就把纸一揉，往字纸篓里一扔，重新再写一张，不满意再一揉一扔。有一天，宛音在房里写作文，丰子恺发现字纸篓里堆满了白纸，惋惜地说："这么多白纸啊，太可惜了！"第二天宛音去父亲房间，看到书桌上放着一本父亲自己装订的小本子，封面上写着"备忘录"三个字，右下角还画了一簇淡紫色的牵牛花，几片翠绿的叶子衬托着，一根花藤从右边蜿蜒而上，巧妙地绾住了"备忘录"三个字，十分可爱。当宛音翻开封面一看，她不禁怔住了。原来这本精美的小本子竟是利用丢在字纸篓里的"废纸"裁成的！宛音感到一阵羞愧！从此她改掉了浪费纸张的习惯，直到晚年还注意利用废纸，成了子女心中的"纸迷"。

抗战流亡期间，丰子恺为了孩子们的学业，聘请了几位浙大的学生来做家庭教师，其中就有后来成为宛音丈夫的宋慕法。他们于1941年9月7日在遵义举行了婚礼，丰子恺亲自书写结婚证书，浙大教授苏步青担任证婚人，浙大校长竺可桢送了一条绣花被面，被拿来披在新娘身上权作婚纱。丰子恺的朋友、在遵义的很多文化界名人都出席了隆重的婚礼。

宛音后来在上海圣约翰大学学习英语专业，毕业后在上海市复兴中学一直担任语文老师。退休后投入丰子恺研究事业，写了很多回忆父亲丰子恺的文章，并结集成《父亲丰子恺轶事》[中国青年出版社以《世上如侬有几人——丰子恺轶事》于2016年出版]一书。

2007年2月17日，丰宛音在上海逝世，享年八十五岁。

三、五岁女娃为《子恺漫画》画封面

——三女儿丰宁欣

1927年2月，丰子恺第二本漫画集《子恺画集》出版了。这本漫画集内收丰子恺作于白马湖"小杨柳屋"的漫画六十三幅，由马一浮手书作序，朱自清跋文，开明书店印行。封面上"子恺画集"几个字，由当时年仅七岁的丰子恺的大女儿阿宝题字，封面正中画着一个充满稚气的、笑容可掬的儿童。这幅线条稚拙的儿童画，就出自丰子恺的三女儿软软稚嫩的笔下，当时她才五岁。

然而，软软并不是丰子恺的亲生女儿。

1922年年初，丰子恺的三姐丰满因不满自己的婚姻，与婆家闹翻后，带着身孕从乌镇来到上海，准备进专科师范深造，住在丰子恺家里。5月6日，丰满在上海宁馨医院生下一个女孩，就取名宁馨（后改名"宁欣"）。丰满离婚心切，在外人面前不让人知道这是自己的孩子，就让女儿改姓舅家姓，称丰子恺夫妇为爸爸妈妈。

小宁馨开口说话后，她总用细细、软软的声调，自称自己为"囡囡"时，听上去像是吴语中"软软"的发音，非常可爱，大家就开始叫她"软软"。

丰子恺是热爱孩子的，尽管他不久又生了儿子和女儿，但他对软软如同己出，有时甚至比自己的子女还要宝贝。后来住在石门缘缘堂，丰子恺每次从上海回来，总是买漂亮的洋娃娃给软软，而丰子恺自己的子女反倒没有，让其他孩子很是羡慕。

软软刚上中学不久，抗日战争爆发，软软随全家一起流亡。但软软并没有放弃学习，她还以优异成绩保送到西迁至贵州遵义的浙江大学，成为理科数学系的一名大学生。

1945年抗战胜利，丰宁欣从浙大数学系毕业，与姐姐陈宝同时受聘于南开中学，陈宝教英文，宁欣教数学，两人同住一个寝室。

工作不到一年，因丰子恺决定返回江南，宁欣与陈宝双双辞去了南开中学的工作。宁欣回到杭州当了一名中学数学教师，她备课认真，思路清晰，讲解到位，非常受学生喜欢。她后来转到杭州大学数学系教学，业务上更趋成熟，参与主编《初等几何》《空间解析几何》等教科书，桃李满天下。

2010年5月6日，丰宁欣在家中安详离世，享年八十八岁。

四、翻译《格林童话全集》中文版第一人

——大儿子丰华瞻

1924年3月，在白马湖畔的"杨柳小屋"，丰子恺的第四个孩子出生了，因为前面已生了三女儿，这次是个男孩，全家人高兴得不得了，外公徐乃宣给外孙取名"华瞻"（乳名"瞻瞻"，后来改名"华瞻"），希望孩子有个锦绣前程，衣食无忧。

瞻瞻聪明伶俐，活泼好动，让丰子恺看在眼里，喜在心里。孩子的一举一动，一颦一笑，他都很享受，并用画笔一一定格了下来。1927年出版的第二本漫画集《子恺画集》收漫画六十三幅，第一部分为儿童相，画的都是丰子恺的儿女，其中三岁瞻瞻的画像最多，《瞻瞻底车——黄包车》《瞻瞻底车——脚踏车》《瞻瞻底梦》《爸爸不在的时候》《快乐的劳动者》《瞻瞻底车——脚踏车》《建筑的起源》《尝试》等，让读者看到了一个聪明可爱的小精灵：他用两把蒲扇放在胯下当脚踏车，用童车当黄包车拉，趁爸爸不在的时候在书桌上煞有介事地拿毛笔写字，充满童真又憨态可掬。

丰子恺除了给孩子画画来表现儿童的天真烂漫，他还用文字来表现儿童的世界，站在儿童的视角来诠释生活的本质。他有一篇《华瞻的日记》，以三岁华瞻的口吻，质疑成人世界冷酷、虚伪和诸多不解，读来饶有趣味。

华瞻生不逢时，学龄期间，正值抗日战争期间跟着父亲流亡途中，无法完成学校的正规教育，靠着丰子恺的启蒙教育和合理的家庭教育才没有荒废学业。丰子恺不但教华瞻学习《论语》《孟子》等国学经典著

作，读唐诗宋词，还请家庭教师教英文、几何和代数等课程。他以出色的成绩考入中央大学外文系。

华瞻主攻英文，但他的国文水平也很出色。1945年，华瞻参加全国大学生学业竞赛得了国文冠军。没想到此后还发生了一件趣事。重庆《中央日报》刊登了一则消息《丰子恺令爱获国文冠军》，华瞻看到后，不仅没有因获奖而高兴，反而被误认为自己是女子而郁闷，他连忙给报社写信要求纠正。《中央日报》以《我非巾帼》为题，全文刊登了华瞻的"更正启示"。

这一年，华瞻从重庆中央大学外文系毕业，他应聘到国立北平研究院（中国科学院前身）工作。为了提升自己的专业水平，1948年，华瞻自费留学美国，他考取了美国伯克利加州大学研究院，攻读英国文学专业。留学期间，他靠打工维持在美国的学费和生活费。丰子恺经常跟华瞻通信，将国内的局势变化第一时间通报给华瞻。得知华瞻将要毕业，丰子恺极力鼓动华瞻回国报效祖国。

1951年，华瞻从美国伯克利加州大学研究院毕业后，即响应父亲的号召，回到祖国，在上海复旦大学外文系当教授。他在教学之余，专注于比较诗学的研究，著有《中西诗歌比较》。他也是翻译《格林童话全集》中文版［原译名《格林姆童话全集》（全十册），1953-1956年由文化生活出版社出版］第一人，丰子恺不仅为此题写书名，还专门画了400多幅插画。

退休后的丰华瞻投入了丰子恺研究的工作。他与妻子戚志蓉合著《我的父亲丰子恺》，合编了《丰子恺散文选集》《丰子恺论艺术》《丰子恺漫画选》，与他人合编《丰子恺研究资料》等。

2005年，丰华瞻因病去世，终年八十一岁。

五、参加过抗美援朝的音乐出版编辑

——次子丰元草

丰子恺是美术教师，也是音乐教师，他在 20 世纪 20 年代就出版了《音乐的常识》《音乐入门》等音乐启蒙著作，影响了几代音乐爱好者。丰子恺很注重子女的音乐启蒙，他在上海、石门家里都购置了当时还是稀有品的留声机，买了很多黑胶唱片，经常在家里播放古典音乐、评剧（京剧）等，儿女们耳濡目染，有的成为评剧迷，有的成为音乐迷。

丰元草的音乐素养就得益于父亲的音乐启蒙。那时，丰子恺请琴师到家里来为丰家姐妹唱京剧伴奏，看到元草对琴师的胡琴颇感兴趣，他就有意识地教元草学二胡和小提琴。元草也很好学，很快就学会了，并能在家里为姐妹们唱评剧伴奏了。1948 年，丰子恺在台湾旅游时买了把小提琴，回国后就送给了元草。

1950 年，元草响应国家号召参军入伍，由于能拉会写，被编入部队宣传队。第二年，他随宣传队参加中国人民志愿军，从事战地文艺宣传工作。丰子恺非常支持元草在部队的工作，有一次还手书一首毛泽东词《清平乐》，寄给在朝鲜前线的元草，"以资鼓励"。

从部队复员后，元草进入在北京刚刚成立不久的人民音乐出版社，在编辑部工作，直至退休。

退休后的丰元草与亲友们一起投入到丰子恺的研究中，他着重研究丰子恺的音乐理论，陆续发表了《让音乐普及于民众》[原载《音乐爱好者》1979 年 6 月号]《记父亲丰子恺的音乐生活与著述》[原载丰子恺著《近世西洋十大音乐家故事》（后记）浙江人民出版社 1980 年 8 月第 1 版]《略谈父亲音乐著述的特点》[原载《写意丰子恺》浙江文艺出版社 1998 年 8 月第 1 版〕等专论。

2011 年 7 月 18 日，丰元草在北京因病去世，享年八十四岁。

六、"天与我，相当厚"

——小女儿丰一吟

1941 年的一天，在贵州遵义的"星汉楼"，丰子恺见小女儿丰一吟穿着"童子军"衣服坐在桌前，拿了支毛笔，煞有介事地在纸上涂鸦着，他马上拿起了速写簿，把这一画面画了下来，后来又加工成彩色画，题上陶渊明的诗："盛年不重来，一日难再晨。及时当勉励，岁月不待人。"旁边题上"一吟十二岁画像"。这幅画后来一直成为丰一吟人生的座右铭。

第二年，丰一吟奉父命以同等学历进入重庆国立艺专学习，读的是应用美术，但按她的话来，学唱评剧（京剧）的兴趣比学美术大。1944年 2-3 月，她随父亲游历川东长寿、涪陵、丰都，在涪陵父女俩几乎每天晚上看评剧，过足了戏瘾。1948 年 5 月，她和姐姐陈宝随父去上海看梅兰芳演出，并与梅兰芳合影留念，让她着实兴奋了一阵。

从国立艺专毕业后，她就一直陪在父亲身边，父亲的艺术世界和日常的点点滴滴，成为她此生最宝贵的精神财富。

1950 年，在丰子恺的鼓励和帮助下，丰一吟开始学习俄语，以后又和父亲合作或自己独立译出了不少如《音乐的基本知识》〔瓦西那 - 格罗斯曼著，丰子恺、丰一吟译，万叶书店 1953 年 2 月第 1 版〕《唱歌课的教育工作》〔格罗静斯卡雅著，丰子恺、丰一吟译，人民教育出版社 1954 年 7 月第 1 版〕《我的同时代人的故事》〔柯罗连科著，丰子恺、丰一吟译，人民文学出版社 1957 年 5 月第 1 版]《俄罗斯艺术家回忆录》[马蒙托夫著，丰一吟译，万叶书店 1952 年 10 月初版。]等苏俄音乐、美术、文学方面的书。

凭借译作上的成绩，1961 年，丰一吟正式进入上海编译所工作。1980 年起在上海社会科学院文学研究所外国文学研究室工作，同时开始走上丰子恺研究的漫长之路。

作为丰子恺研究会发起人之一的丰一吟，积极与父亲生前好友联系，请求他们的帮助，为丰子恺研究提供第一手资料。为了搜求丰子恺的轶文轶画，丰一吟与丰陈宝姐妹俩一起上图书馆，跑藏书楼，探亲访友，建立自己的丰研资料库。她精力充沛，乐观向上，庆幸自己"'七十古来稀'的人了，还能做这么多工作。岂不是'天于我，相当厚'吗？还有什么不满足呢？"[丰一吟：《天于我，相当厚》上海远东出版社 2009 年 1 月第 1 版]

经过多年的努力，丰一吟与亲友们共同完成了一系列有关丰子恺传记、作品和全集的出版工作，她自己还独立完成了《潇洒风神—我的父亲丰子恺》[华东师大出版社 1998 年 10 月第 1 版]《我和爸爸丰子恺》[百花文艺出版社 2008 年 10 月第 1 版。]《天于我，相当厚》等多本回忆丰子恺的作品，成为丰子恺研究的领军人物。

2021 年 12 月 11 日，丰一吟因病在上海去世，享年九十二岁。

七、能背两千多首古诗词，常陪父亲玩诗歌游戏

——小儿子新枚

1938 年 10 月 24 日晚上，丰新枚降生在桂林医院。这一天，也是

丰子恺十年后重新执教的第一天。小新枚的降生，给流亡在外的丰子恺带来了莫大的宽慰，一个个有趣的小小的举动，都被丰子恺生动地捕捉到了，产生了《自立》《独坐》《搬凳》《小梦》《脱鞋》《两小无嫌猜》等画，尤其是小新枚把小竹凳、小鞋子都往粥里扔的画面，谁看了都会忍俊不禁。

小新枚聪明好学，很早就学会了写字画画。1944年在重庆，丰子恺把新枚出生时开始记的日记《教师日记》交给万光书局出版，让六岁的新枚画了封面。画中，父亲一边手里拿着笔在写字，一边嘴里衔着烟，烟雾缭绕中，有几字稚嫩的字"爸爸写日记"，边上落款"新枚画"。一个在抗战中诞生的生命，在抗战胜利前夕，已经开始用笔表达自己的思想，这正是丰子恺所寄予的希望。

小新枚从小养成了良好的读书习惯，每当放学后，他谁也不理，再好吃的东西也不会去碰，回到家第一件事就是打开书包做作业，直到作业做完，他才会去玩。

受父亲影响，新枚对古文和诗词兴趣颇浓，高三时因病休学在家，他主动向父亲提出要学古文和诗词，丰子恺欣然同意。记忆力超强的新枚，背会了两千多首诗词，丰子恺为了测验新枚掌握诗词的能力，经常让新枚陪他喝酒，玩诗歌游戏。有一种回文诗，就是由一人先吟一句古诗，然后另一人用该诗句的最后一个字续吟另一句诗，接二连三，谁续不下去，谁被罚饮酒一口。如正好首尾相接，构成连环形，则二人同庆，共饮一口。

"文革"中，丰子恺遭受了不公正的待遇，也影响了新枚的毕业分配。1968年4月，大学毕业后的新枚被分配到河北省石家庄市华北制药厂，在车间当了一名仪表检修工。丰子恺为此十分内疚："是我连累了新枚……"［丰一吟：《我的父亲丰子恺》——团结出版社 2007 年 1 月第 1 版］他很想去石家庄看新枚，经常在与新枚的信中提到这事，可最终没能实现这个愿望。

1978 年，新枚考取北京中国科学院情报研究所。研究生毕业后，新枚进了浙江省计算机研究所工作。他通晓英、日、俄、德、法等多国语言，是国内第一批专利人才，赴德国欧洲专利局深造。2004 年，新枚从香港永新专利商标代理有限公司正式退休回沪定居。2005 年 9 月 12 日中午，新枚因一场意外去世，享年六十七岁。

令人欣慰的是，新枚的儿子丰羽，没有辜负其父母亲对他的一片期望，考入浙江大学后，又去了澳大利亚留学。1995 年硕士毕业后，在香港一家中资机构工作，并在香港成了家，有了一儿一女。2008 年底，事业有成的丰羽出资 350 万元，赎回陕西南路 39 弄的丰子恺旧居"日月楼"二、三楼的使用权。

（原载《名人传记》2023 年第七期）

最好的纪念
——忆一吟阿姨

　　儿童节这天，我收到了最新一期《名人传记》杂志，立即被封面上的大幅彩色照片所吸引。丰子恺先生坐在沙发上，手里捧着《子恺漫画》，四位小朋友围在他的身旁，个个笑容灿烂，让人隔着照片，就能感受到那份快乐和温馨。这一期的封面故事即是本人撰写的《丰子恺和他的儿女们》。

　　2008年在桐乡石门，我第一次见到回乡省亲的丰子恺先生的三个女儿丰陈宝、丰宁欣和丰一吟，这些丰子恺早期漫画中的人物，活生生地站在我的面前，那么亲切，那么随和，让我一下子对她们产生了莫名的好感。从漫画中天真烂漫的小女孩，到如今满头白发的慈祥老人，这么些年她们是怎么走过来的？她们各自的生活又是怎么样的？我相信很多喜欢丰子恺漫画的人应该都有这样的好奇。我萌生了想写一写他们的愿望，并且很快想好了题目，就叫《丰子恺和他的儿女们》。

　　因之前我看了丰一吟写的《我的爸爸丰子恺》，我便把自己的想法写信跟丰一吟交流。她的音容笑貌就像一位邻家阿姨，我很自然地称她为"一吟阿姨"。很快我就收到了她的短信回复，并欢迎我到她家去详谈。去之前，她又详详细细地给我说了她家地址。怕我找不到，去的那天，她早早地在马路上等我，不时跟我电话联系。偏偏碰上我那时车技较差，用的那个老式的 GPS 语音导航怎么也导不到她给的位置，绕来绕去，不是单行道，就是"偏离规划路线"，真是急得"团团转"，也害得她在马路上来来回回走了好多趟。

坐上我的车，她一边给我当向导，一边向我介绍今天要带我去见的人，还要忙着打电话、发短信，而且发起短信的速度极快，哪像个八十岁的老太太啊！

那天她其实是第一次见我，却丝毫没有把我当外人，带着我去了她大姐丰陈宝家和二姐丰宛音家，顺带着见到了她们在上海几乎所有的亲戚。她们的热情和随和，也让我的拘谨荡然无存。

当我完成了有关大姐丰陈宝的一文《从黄金时代走来》，寄给一吟阿姨征求意见，她看后不仅在电话中跟我做了一番长谈，还表示可以到她家里取点资料。

记得那是国庆长假最后一天下午，我再次来到了一吟阿姨的家，她把我领到她的书房兼卧房。不到二十平方米的房间里放了一张床，一张沙发，再加上三联橱、大书桌、小书桌、电脑桌、书架和座椅，显得十分拥挤。她让我坐在电脑椅上，说有个椅背靠着舒服点，自己坐在藤椅上。我们就这样面对面聊了起来。

她拿出我的文稿，只见上面一些地方她都做了修改的记号，然后，她一处处提出她的看法。很多我以前比较模糊的问题，经她一说都清楚了。而有些地方，因为我是从丰子恺书信里了解到的，所以想坚持自己原来的观点。但她说："父亲的写作就像他的漫画，有时少一笔，有时多一笔，很随意，不作数的。"她举了一个例子，也是我文稿中的一处，把她知道的真相告诉了我，确实与原文不一样，但比较合理，也是其他资料都没有涉及的，我认为是一条对我比较重要的信息，决定采用她的说法。另外，她还提出了一些语法和用词上的建议，我欣然接受。

之后，我们便开始东一搭西一搭地聊了起来。当说到她弟弟，丰一吟无限感慨。她和弟弟两人与父亲丰子恺生活在一起的时间最长，所以姐弟俩的感情很深。她讲起了新枚小时候的趣事，仿佛就在讲昨天发生的事，生动传神。她说新枚的妻子有"帮夫运"，新枚妻子生病时，她为此付出了很多，最后还是没有挽回她的生命；她对他们夫妻两人长期处于牛郎织女般的生活深表无奈。丰一吟对弟弟的聪慧过人赞不绝口，她说新枚拿了两个研究生文凭，会多国语言，能背两千多首古诗，经常与父亲做对诗接龙游戏，自己也写了很多旧体诗。2005 年 9 月刚刚退休后从香港返沪定居不久的新枚，因一场意外过早离去，提起此事，丰一吟一直无法释怀。她说想抽时间整理一下新枚的诗，以此表达对弟弟的一片深情。

在说到某件事时，她主动拉开了小书桌下的六个抽屉，只见每个抽屉的上沿都标有不同的记号，每个抽屉放着密密麻麻的小卡片。这就是传说中的丰子恺研究资料库！我问这些记号是什么意思。她一边向我解释，一边拿起一把木制的刮浆刀，给我做找寻资料的演示。我说这样的编排好像只有你自己清楚。她说："所以说呀，我什么时候说走就走了，别人就很难知道了。"为建这个资料库，一吟阿姨和陈宝阿姨姐妹俩不知花了多少心血，她们是从六七十岁开始，利用业余时间做这份研究工作的，相当不容易，很少有名人的后代在这样的高龄做这样的事。只要有人相求相关资料，一吟阿姨总是无条件地提供给他人享用。

一吟阿姨说她还有很多事要做，接下来她先要把丰子恺年谱修订一下，还想把收集的资料好好整理整理，还想画几张画，还想……她说有人想送点东西给她，问她需要点什么，她就跟人家说："我要时间！"

一吟阿姨想提供一份我需要的资料，但电脑里怎么也找不到，她准备打出来给我。我见她在打字前先要设定好字号，标题和正文的字号是不同的，都事先设好再打，速度比较慢，就按自己的经验跟她说："何不打好后再设。"她固执地说："这是每个人的习惯。"看着八十岁高龄的一吟阿姨坐在电脑前，用拼音法一下一下打着字，她的一本本书稿，一篇篇文章，就是这样打出来的，不由得让人从心底里钦佩她的勤奋和刻苦！

我抬头看着墙壁正中悬挂的一个镜框，这是丰子恺先生写给一吟阿姨的一幅手书："盛年不再来，一日难再晨，及时当勉励，岁月不待人。"一吟阿姨一直在用行动遵守着父亲对她的教诲。

由于丰子恺子女较多，联系起来很不方便，我的采写处于停滞不前的状态，老是去麻烦一吟阿姨我也于心不忍。此时，其他地方史料的收集又分散了我的精力，《丰子恺和他的儿女们》的文稿就这样搁浅了。之后，每次见到一吟阿姨我都很愧疚，但一吟阿姨从不跟我提起此事，这让我更加无地自容。

前年12月11日，得知一吟阿姨去世的消息，我很难过，与一吟阿姨的几次见面就像电影画面一样不时闪回。我找出照片，做了一个视频，发在微信朋友圈，以此悼念亲爱的一吟阿姨！我想到了搁浅的《丰子恺和他的儿女们》文稿，我觉得唯有把未完成的文稿写下去，才是对一吟阿姨最好的纪念！

机缘巧合，正在我赶写文稿的时候，《名人传记》杂志找到春锦兄，约他写篇有关丰子恺子女的稿件，春锦兄知道我在写，就把我引荐给了编辑。于是，才有了《名人传记》第六期上的这篇头条，也算了却了我的一桩心事。就是不知一吟阿姨是否满意，一想到她给予我的那份热情，我还是有些许忐忑的。

（此文 2023 年获桐乡市委宣传部和桐乡市文联主办的"风雅桐乡"主题有奖征文一等奖）

软软的故事

——记丰子恺三女儿丰宁欣

> "软软！你常常要弄我的长锋羊毫，我看见了总是无情地夺脱你。现在你一定轻视我，想到：你终于要我画你的画集的封面！"（丰子恺《给我的孩子们》）

1927 年 2 月，丰子恺出版了他的第二本漫画集《子恺画集》。这本由上海《文学周报》社出版的画集，内收丰子恺作于白马湖"小杨柳屋"的漫画 63 幅，由马一浮手书作序，朱自清跋文，开明书店印行。封面上"子恺画集"几个字，由当时年仅七岁的丰子恺的大女儿阿宝题字。封面正中画着一个充满稚气的、笑容可掬的儿童，这幅线条稚拙的儿童画，就出自丰子恺的三女儿软软稚嫩的笔下，当时她才 5 岁。

我们都是从丰子恺的早期漫画作品中，认识了这个叫软软的可爱小女孩，如《办公室》《我家之冬》《二女印象》《软软新娘子，瞻瞻新官人，宝姊姊做媒人》等。画中那个胖嘟嘟的腮帮往下垂、有个可爱的乳名、天真可人的小姑娘软软，给读者留下了不可磨灭印象。

在生活中，丰子恺也特别怜爱软软，从他的第二本画集的封面就采用了才 5 岁的软软的画这一举动来看，他是非常喜欢这个女儿的。

然而，软软并不是丰子恺的亲生女儿。

一

1922年初，刚刚从日本留学归来的丰子恺，在上海专科师范任教，同时在郊区吴淞中国公学兼课。当时，丰子恺的妻子徐力民有孕在身，大女儿阿宝才一岁半，二女儿林先才半岁，需要祖母照料，就都住在石门，没有跟丰子恺来上海。

这时，丰子恺的三姐丰满为了到丰子恺任教的专科师范深造来到上海，住在丰子恺家。丰满在丰家几个姐妹中思想最开明，也是颇有才华的一位女子。她是石门镇上唯一不缠小脚的女人，不仅如此，她还剪短头发，上女校，学画画，对一切新生事物都很感兴趣。1919年，她接替去世的大姐丰瀛之任，担任由丰瀛创办的石门镇振华女校校长。为了提高女校的教学水平，曾去杭州女子师范进修。得知丰子恺在上海专科师范任教，决定再到上海来深造。不过，此时她到上海来，还有一个不为人知的秘密。

1920年花朝日这天，丰满结婚了，新郎是乌镇徐家三公子承煋（字叔藩）。说起来，徐承煋和丰子恺还是浙江第一师范学校的校友。就在杭州求学期间，徐承煋结识了也在杭州读书的丰子恺和丰满姐弟俩，三人经常在一起切磋学问，评论时事。后经时任浙江省教育厅季仰先厅长的夫人汪花娟的撮合，徐承煋和丰满开始自由恋爱。

徐承煋毕业后在乌镇植材小学当教员，他的大哥徐承焕（字仲英）是这个小学的校长。徐承煋不满足已有的学问，几年后又报考北京高等师范大学堂（北师大前身）。徐承煋从北京师大毕业后，即与丰满回乡完婚。

徐家在乌镇是一望族，与丰家也算门当户对。婚后小夫妻两人互敬互爱，羡煞旁人。然而，徐承烺的母亲周太夫人思想比较老派，一直看不惯丰满的大足、短发和齐膝短裙，她无法接受丰满身上那些新式女性的生活方式，认为有辱门风，故对丰满百般挑剔，恶言相向，让丰满在家无法安身。

丰满被逼离家出走，先是由徐承烺瞒着母亲，让丰满寄居在他亲戚家里。此时的丰满，以卖画为生。徐承烺是个孝子，表面上迎合着母亲，背地里则不时前去探望丰满，也期待着转机的出现。但事母至孝的徐承烺，无力左右母亲，此事就这么一直僵着。这让原本对徐承烺还抱有一线希望的丰满，彻底死了心。她回到了娘家，向母亲提出要求离婚的想法！离婚在当时是被人看作是一件不体面的事，也不是容易办到的事。丰子恺知道此事后，出面请与徐承烺关系较好的沈雁冰、曹辛汉去徐家面谈，试图从中调解，但也没有结果。

徐承烺也曾雇舟来石门湾找过丰满，但丰满避而不见。

没多久，丰满意外地发现自己怀孕了！她不想去乞求徐家的帮助，但也不想让母亲知道自己怀孕的事。母亲为自己离婚的事已经非常伤心，她不想再增添母亲的烦恼。她决定去上海找弟弟丰子恺。

丰子恺先安排她到自己的学校听课，平时就住在他的租房里。随着丰满的肚子渐渐大起来，到了快要临产了，丰子恺才意识到问题的严重性。他连忙写信让妻子徐力民赶快到上海来，但在信中又不便细说，怕母亲担心。徐力民接信后，也不知发生什么事，连忙把才半岁的二女儿林先交祖母照管，自己挺着个大肚子，带着大女儿阿宝，叫了一个亲戚陪同到上海。一到家里，看到临产的丰满，才知是怎么回事了。

1922年5月6日，丰满在上海宁馨医院生下了一个女孩。为纪念这个医院，丰子恺为女孩取名宁馨。

丰满离婚心切，出院后在外人面前不让人知道这是自己的孩子，总是让徐力民抱着，另外再叫了个奶娘帮着带孩子。丰子恺夫妇也很喜欢这个粉嫩的小女孩，决定让她姓舅家姓，让孩子叫舅舅、舅妈为爸爸、妈妈。

不久，丰子恺代表丰满，与正在嘉兴教数学的徐承烨相约，一同到嘉兴曹辛汉家办妥离婚手续。没过多久，徐承烨就续娶嘉兴姚炳坤为妻。而丰满从此跟着丰子恺一家继续生活。

小女孩宁馨稍微会开口说话后，听她用细细的、软软的声调，自称自己为"囡囡"时，听上去象像吴语中"软软"的发音，非常可爱；又见小女孩长着一个软软的粉脸团，大家就开始叫她"软软"。

二

丰子恺是热爱孩子的，尽管他不久又生了女儿和儿子，但他对软软如同己出，有时甚至比自己的子女还要宝贝。据丰一吟回忆："我记得我家迁入缘缘堂后，满娘和软姐住在楼上西边的房间里，爸爸每次从上海回来，总是买漂亮的洋娃娃给她，陈列在玻璃橱里，我只有偶尔有机会时能朝里望望，对于玻璃橱里那么多漂亮的洋娃娃羡慕得要命！"（丰一吟《我和爸爸丰子恺》）

小时候的软软，总是见丰子恺在家中的写字桌上写字、画画，所以一旦丰子恺离开书桌，她就想上去，模仿丰子恺，拿起桌上的毛笔，在墨水瓶里蘸点墨水，在白纸上涂划着，下巴几乎碰着桌面，注意力高度集中，浑然不觉大人已经进来，站在她的身边。丰子恺那张著名漫画《注意力集中》，把软软这一可爱的举动画了下来。

软软的启蒙教育是在家里完成的，生母满娘和义父丰子恺是她的启蒙老师。小学毕业后,丰子恺让她和家中几个姐妹一起去省城杭州考中学。软软和姐姐陈宝以优异成绩同时考取了省立中学和市立中学,但在体检时,软软被查出肺弱,省立中学不收,只好读市立中学。陈宝为了陪妹妹,也选择了市立中学。此后的很长一段时间,姐妹俩一直是同学,毕业后还做了同事,有着许多共同的话题,很说得来,故而她们俩的感情在姐妹们中是最深的。

软软和陈宝的学习成绩在班上一直是名列前茅的,软软数学成绩更好一点,陈宝英文成绩数一数二。这可能跟遗传基因有关。

可是,没等到高中毕业,抗日战争爆发,学校被迫停课,日本人的炮弹连石门镇也不放过,缘缘堂也不能住了,软软与姐弟们一起,跟着丰子恺,踏上了逃难之路。

逃难期间,丰子恺也没放松对孩子们的教育,因没有入学的条件,只能以家教为主。起先,软软跟几个大一点的孩子由丰子恺亲自教国文,后来丰子恺又聘请了浙大学生周家骥、宋慕法等人当家庭教师,甚至让孩子们去找他的同事王星贤等人求教英文等功课,利用一切机会给孩子们补课。到了遵义,暂时有了安定的环境,丰子恺就让软软他们去考浙大。但浙大规定入学必须有高三毕业文凭,孩子们一直在逃难途中,哪有什么文凭?正好丰子恺的朋友刘熏宇在遵义以南的修文当贵阳中学校长,就帮忙让软软他们插入高三下学期,读半年后取得高中文凭。凭着优异的成绩,软软和陈宝、华瞻被保送到浙江大学。软软作为理科数学系的一名新生,在湄潭县就读,生母丰满陪去。

三

1945 年抗战胜利,宁馨从浙大数学系毕业,姐姐陈宝和弟弟华瞻从重庆中央大学外文系毕业。经陈宝的老师引荐，陈宝和宁馨姐妹俩同时受聘于重庆沙坪坝的南开中学，陈宝教英文，宁馨教数学。

工作不到一年，因丰子恺决定返回江南，宁馨和陈宝也决定跟着父亲走，双双辞去了南开中学的工作，回到杭州。宁馨在杭州师范教数学，这所学校的前身即丰子恺就读过的浙江省立第一师范学校，也是她生父徐承烺的母校。

当时丰子恺在西湖边静江路（现北山路）始贤寺的西面租了一座三开间的平房，这里环境幽静，隔湖正对孤山放鹤亭，丰子恺把它称作"湖畔小屋"。住了一年半，丰子恺又带着全家去厦门定居。而宁馨因为工作已定，没有像陈宝姐一样辞职去了厦门，而是选择与生母丰满继续留在杭州。

"湖畔小屋"对于丰子恺有着特殊的意义，他不仅在这里度过了自己五十岁的生日，还写下了一系列著名的随笔，如《桂林的山》《谢谢重庆》《胜利还乡记》《湖畔夜饮》等。而对于宁馨来说，"湖畔小屋"同样意义非凡。

自从丰子恺全家移居厦门后，"湖畔小屋"实际上由宁馨母女继续租用，由于有三间房，后来的西厢房就租出去了。新搬来的邻居是刚从北京过来的王维贤，当时是杭州私立明远中学的一名语文老师，与宁馨同是中学老师，上班时间差不多，学校方向也一致，所以经常结伴同行，边走边聊，非常投缘。交谈中得知，两人居然同龄，共同话题很多，宁馨欣赏王维贤的博学、睿智，王维贤欣赏宁馨的美丽而端庄的外表、温柔又善良的性格。很自然地，他们彼此相爱了。

然而，这桩婚事一开始并没得到大家的祝福，反而都劝她放弃。其实宁馨个人条件确实相当出色，不仅人长得漂亮，而且非常聪慧，性格又很温顺，家里人都说她的性格就像她的小名，软软的，说话声细细的，非常讨人喜欢。长成大姑娘后，身边不乏追求者，有的条件甚好，但她都不为所动。但这一次，她认定了！她的母亲丰满知道，女儿柔顺的外表下，有着一颗坚定的心，她认定的事，谁也说服不了她的。

事实上，宁馨是有眼光的。毕业于北平中国大学哲学教育系的王维贤，先后在燕京大学、清华大学、北京大学文科研究所学习。1948年到了杭州后，先后在浙大附中、杭州二中任语文教师，历任语文教研组组长、教导主任。1956年起，先后在浙江师范学院、杭州大学中文系工作，从讲师一直做到教授。曾担任中国语言学会常务理事、中国逻辑学会理事、中国逻辑与语言研究会理事长、学术委员会主任、浙江省语言学会会长、浙江逻辑学会会长等职。主要著作有《逻辑学》《现代汉语语法》《语言学辞典》《现代汉语语法理论研究》《王维贤语言学论文集》等专著15种，在中国的语言学界和逻辑学界产生了深远的影响，为中国的语言学教育事业作出了卓越的贡献。1993年，王维贤获得了国务院颁发的政府特殊津贴。2007年11月10日至11日，由浙江大学、浙江教育学院主办的"语言与认知学术研讨会暨王维贤先生八十五华诞庆典"在浙江教育学院举行，来自北京大学、复旦大学、中国社会科学院、暨南大学、浙江大学、商务印书馆等单位的50余位专家学者参加了会议。85岁高龄的王维贤先生兴致勃勃地出席了开幕式，接受学生代表献礼，致答谢词并赠书。会上总结了王维贤先生在现代语言学、逻辑学等领域做出的杰出成就和重要学术影响。

宁馨本人也同样出色。她一开始教中学数学，备课认真，思路清晰，讲解到位，学生非常喜欢听。杭州师范毕业的学生吴加清先生，后来也成为一名中学高级教师，退休以后写回忆录时，对宁馨老师的课依然印象深刻："丰子恺的女儿丰宁馨老师，她教我们代数，思维清晰，语言生动，深入浅出，环环相扣。听她的课，简直是一种艺术享受。更为一绝的是她的板书，一堂课下来，正好一黑板。在她的课里，从来不用黑板擦。这一技能，我教书一辈子，不仅自己没做到，就是我见过的所有老师也没有她这一功夫。"（见吴加清著《回忆——我所欣慰的一生》自印本）吴加清先生是1951年9月被保送到杭州师范的，当时，宁馨也才只有五六年的教龄，却已有如此令人叫绝的教艺，也足见她在这方面所下的功夫！她后来转到杭州大学继续教数学，名字改为更好写的"宁欣"，业务上更趋成熟，参与主编《初等几何》《空间解析几何》等教科书，桃李满天下。

更重要的，自结婚后，宁欣和王维贤感情稳定，事业有成，形影相随，白头偕老，令人称羡。

四

丰子恺自移居厦门后，就与宁欣母女俩分开了，对于她们母女俩，丰子恺是一直牵挂在心的。

1973年3月下旬，丰子恺在弟子胡治均的陪同下，来到杭州宁欣家里。宁馨母亲丰满与丰子恺已是多年未见，虽然十分想念，但见到后反而无从说起，一时相对无言。丰子恺还是叫宁欣为"软软"，让宁馨感到了久违的父爱。她与丈夫王维贤对丰子恺的到来，做了精心的准备，每天安排他们上午到西湖等地游玩，下午在家休息。宁欣家当时在杭州大学附近的道古桥，开门见山，风景优美，打开南窗就能见保俶塔，犹如一幅立体的图画，让久居上海刚被解放的丰子恺，心情十分愉悦。

在杭州大学中文系当老师的王维贤，家中有很多文学类的书，这也让丰子恺非常感兴趣，不时翻阅喜欢的书籍。后来回到上海，他还写信向王维贤借阅这方面的书。临回上海时，王维贤送给丰子恺一瓶在当时上海市面上很少见的白兰地酒，听说可治伤风，让丰子恺非常开心。

丰子恺逝世后，其骨灰一直到 2006 年 4 月迁葬于故乡石门。之后的每年清明节，宁欣夫妇总是双双来到石门，为丰子恺扫墓，到缘缘堂看看，与姐妹们叙叙旧。

2009 年 8 月 29 日，王维贤因病逝世，享年 87 岁。时隔不到一年，2010 年 5 月 6 日，丰宁欣在家中安详离世，享年 88 岁。

根据他们生前的遗愿，丧事从简，均未举行遗体告别仪式。浙江大学文学院和数学系在他们夫妇去世后，分别为他们举行了追思会，邀请他们的生前好友和相关师生参加，一起缅怀他们低调而厚重的一生。

（原载《梧桐影》2016 年第一期"丰子恺及其子女专辑"）

一

1938年10月24日晚上，丰新枚降生在桂林医院。这一天，也是丰子恺十年后重新执教的第一天。

当初得知孩子即将出生，丰子恺就和大家商量给孩子取名的事。丰子恺想起在汉口看见大树被砍后春来怒抽条的蓬勃气象，打算给孩子取名"新条"，也暗示抗战必将胜利之意。大女儿陈宝说："条字不好听！改成条枚的枚字怎么样？"丰子恺十分赞成："好，好！就叫新枚吧！"

新枚出生十三天后，丰子恺托友人吴敬生借了辆小汽车，亲自接母子俩出院。坐在车里，丰子恺对吴敬生说："这小孩最初出门就坐这么好的小包车，将来衣食住行中恐有'行福'。"此话还真的被丰子恺说中了。

在桂林郊区泮塘岭的家，丰子恺把原来由牛棚改造的书房腾了出来，请工人稍作修整，成了新枚的新居。丰子恺在日记中写道："他（指新枚）喝牛奶，住牛棚，将来力大如牛，可以冲散敌阵，收复失地。至少能种田，救世间的饿人。"

家里近十年没有增添小孩子了，不料在抗战流亡途中，意外获得一个"抗战儿子"，为这个生活在动荡中的家庭带来了欢乐和勃勃的生机，丰子恺十分高兴，认为是"柳暗花明又一村"。每当教书感到烦心时，丰子恺就回家看看刚出生的新枚，以调剂自己的心情。小新枚接回家才两三天时间，丰子恺就觉得"几小时不见就想着他"。

由于战事告急，一家人从广西到贵州不断在迁移。虽然物质条件很差，小新枚身上的衣服都是大人的旧衣服改制的，也没有姐姐哥哥们小时候最喜欢吃的巧克力，但小新枚的童年是幸福的，不仅得到父母亲的特别宠爱，姐姐哥哥们也特别喜欢他。每当小新枚一觉醒来，这个给他洗脸洗手，那个给他喂粥吃糖，大姐姐还会帮母亲一起为他洗尿布，而父亲早已等候在一旁，要抱着他到外面看野景去。

小新枚的天真活泼，同样没能逃过丰子恺的画笔。《自立》《独坐》、《搬凳》《小梦》《脱鞋》《两小无嫌猜》等画，新枚两三岁时一个个小小的举动，都被丰子恺生动地捕捉到了。尤其是看到小新枚把小竹凳、小鞋子都往粥里扔的时候，都会忍俊不禁。

新枚的启蒙教育也是在家里完成的。满娘教他识字，丰子恺教他画图。小新枚聪明好学，学得很快。1944年在重庆，丰子恺把新枚出生时开始记的日记《教师日记》交给万光书局出版，让新枚画封面。画中，父亲一边手里拿着笔在写字，一边嘴里衔着烟，烟雾缭绕中，有几字稚嫩的字"爸爸写日记"，边上落款"新枚画"。一个在抗战中诞生的生命，在抗战胜利前夕，已经开始用笔表达自己的思想，这正是丰子恺所寄予的希望。

这一年，新枚在重庆沙坪坝上了小学。

因为从没离开过家人，小新枚还很怕生。经过学校同意，由姐姐一吟带着去上学。上课时，姐姐坐在边上，小新枚使劲抓住姐姐的手，生怕姐姐走掉。过了一段时间才基本适应。不料才读了不到一年，小新枚就染上了严重的乙型脑炎，被送到歌乐山治疗了一段时间。虽然命保住了，但出院时骨瘦如柴，无法行走，只得在家里调养。

1946 年 9 月，小新枚随家人从重庆回上海，随即到杭州居住，次年在杭州续上小学。

1948 年 1 月，小新枚又随父母亲迁居厦门，在厦门续上小学。

1949 年 4 月，小新枚再随父母亲回上海定居，在上海乐华小学续读。

尽管频繁换校，但并没影响小新枚的学习。由于从小养成了良好的读书习惯，每当放学后，他谁也不理，再好吃的东西也不会去碰，回到家第一件事就是打开书包做作业，直到作业做完，他才会去玩。

小时候的新枚也很调皮，他模仿力很强，喜欢学人说话。刚来上海时，经常有友人来家看望父亲丰子恺，友人中各地方人都有，说话各有特色，像吴明西是四川人，口吃；张梓生是绍兴人，说话含糊。客人来时，新枚躲在客堂幕后，拿一张小纸片，记录客人的谈话内容。等客人走后，马上学起了客人讲话的样子，惟妙惟肖的声音，引得丰子恺开怀大笑，全家人也都乐得合不拢嘴。

1951 年，新枚小学毕业，考入上海格致中学。

二

三年初中，三年高中，新枚在格致中学良好的学习氛围中逐渐成长。

读书之余，他爱上了拉手风琴。丰子恺本人非常喜欢音乐，见儿子喜欢拉琴，就给他买了一架捷克制手风琴。新枚得到手风琴后，爱不释手。每当做好功课，他就拿起手风琴练习。由于本人喜欢，又肯下功夫钻研，新枚的琴技进步很快。一次全家去庐山旅游，新枚也没忘记把手风琴带上，并且与琴寸步不离，没事也背在身上。在从上海去庐山的江轮上，新枚站在甲板上，面对滔滔的江水和两岸的群山，情不自禁地拉起了手风琴。听着新枚悠扬的琴声，面对此情此景，正在一边呷着啤酒的丰子恺，不觉叩舷而歌：

> 长长长，亚洲第一大水扬子江。
>
> 源青海兮峡瞿塘，蜿蜒腾蛟蟒。
>
> 滚滚下荆扬，千里一泻黄海黄。
>
> 润我祖国千秋万岁历史之荣光。

这是丰子恺十二三岁时在故乡石门湾小学读书时学过的一首歌，丰子恺非常喜欢这首歌，反复唱了几遍，然后又让新枚用手风琴依歌而和。新枚也难得见到父亲这般快乐、奔放，听了几遍后，就用琴声为父亲做了伴奏。有了儿子的琴声作伴，丰子恺唱得更带劲了！

然而就在高三最后学期，新枚不幸患上了肺结核，遵医生嘱托，需要在家休学一年。

酷爱读书的新枚，一下子不能上学了，只能待在家里，一时感到寂寞孤独，不知所措，无聊时就翻看起了父亲的藏书。虽然新枚已经决定高中毕业后投考理工科大学，但受父亲的影响，他对古文和诗词兴趣颇浓。为了在休学期间学点东西，新枚主动向父亲提出学点古文和诗词，让父亲教他。丰子恺欣然同意，他推荐新枚读《古文观止》《孟子》《唐诗三百首》《白香词谱》，每星期教他二至三次，每次替他讲解其中的名篇，这让新枚第一次比较有系统地接触到了中国古典文学。其中，他最感兴趣的是唐诗宋词。

之前上语文课时，中学语文老师也讲过诗词，但老师是用普通话教的，新枚觉得念起来有点张口结舌，往往今天背出明天就忘记。而父亲是用家乡石门方言吟唱的，一开始新枚还嫌父亲这样吟诗有点滑稽，只想笑。然而，当新枚也跟着父亲用石门话吟诵时，过不多久，就能辨别出其中的措辞及音律的奥妙来，一首诗词很快就记住了。丰子恺告诉他，诗词要像歌一样唱，不能像话剧道白一样读。新枚认为的确如此！

记忆力超强的新枚，竟背会了两千多首诗词。丰子恺为了测验新枚掌握诗词的能力，经常让新枚陪他喝酒，做诗歌游戏，就是由一人先吟一句古诗，然后另一人用该诗句的最后一个字作为第一个字，续吟另一句古诗，接二连三，谁续不下去，就被罚饮酒一口。如："心怯空房不忍归""归来池苑皆似旧""旧时王谢堂前燕""燕子来时人送客""客舍青青柳色新"……如果把末句改为"客中今日最伤心"，则正好首尾相接，构成连环形，则二人同庆，共饮一口。不用说，自然是新枚被罚饮得多。不过新枚被罚时，丰子恺总是陪新枚同饮。

另外还有一种诗歌游戏是，随便取一字，然后两人依次将该字编入古人诗句之第一、第二、第三……直至第七字中，如以"春"字为例，"春城无处不飞花""一春憔悴有谁怜""可怜春半不还家""草木知春不久归""今夜偏知春气暖""游丝软系飘春榭"，"万紫千红总是春"。不过，能接下去也并不一定能通过。有一次新枚说了"万紫千红总是春"后，丰子恺想了一下说："嗯，对是对了，但这一句知道的人多，不算数，要另外想一句。"新枚想不出，就被罚饮了一口。丰子恺随口吟道："若到江南赶上春。"这种诗词游戏，不仅饶有情趣，而且使新枚不断地温故而知新，获益匪浅。

1958年的春天，丰子恺在教休学在家的新枚读姜白石的《扬州慢》，念到"二十四桥仍在"时，丰子恺忽发游兴，竟带着新枚和一吟坐火车去扬州看古迹，结果，遍寻不到二十四桥。后来在当地老者的指点下，雇了辆黄包车，来到乡间的一座小桥边凭吊。桥下水涸，最狭处不过七八尺，新枚嘴里念着"波心荡冷月无声"，一脚跨了过去，引得丰子恺哑然失笑。

1958年夏，新枚高三毕业，正准备考大学之际，新枚的肺结核又复发了。想到又要在家休养一年，无法与同学们一起考大学，新枚这段时间非常苦闷。丰子恺为了帮助新枚度过这段寂寞的时光，指导新枚学日文，即使外出，也要给新枚用日文写信。1959年五一劳动节，丰子恺携妻女到北京参加观礼活动期间，隔三岔五用日文给新枚在信中描述北京见闻，让养病中的新枚，既见识了外面的世界，又学了日文，而新枚也感受到了父亲对他浓浓的爱意。

1959年秋天，新枚考取了天津大学精密仪器系热工仪表及自动装置专业。丰子恺为新枚感到高兴的同时，不免也有一些失落。新枚从小跟着他一起成长，新枚的乖巧、懂事、聪慧，让他看在眼里，喜在心上，他也因此最疼爱新枚。如今小儿子要离开自己独立生活，他虽舍不得，却也是要放手的，毕竟自己也是从小就离开父母外出求学一路过来的。

不过丰子恺万万没有想到，小儿子的这一去，以后大多数时间，父子间的交流只能通过书信往来。

三

为了巩固新枚的日文基础，丰子恺给新枚仍用日文写信，继续指导新枚学日文。知道新枚仍未背诵出《いろは》（即《伊吕波歌》，以日语假名次序谱写的字母歌），丰子恺特意从新枚的床头揭下他抄写的《いろは》那张纸，随信寄给新枚，让他"务必背诵出来"。

刚上大学，每月的开支是大家都需要面对的问题。新枚比较节约，表示控制在 20 元之内。丰子恺比较体恤儿子，认为每月支出不超过 25 元就可以了。为了以防万一，丰子恺根据自己以往的经验，给新枚另外汇了 50 元，并关照他不要存定期，要存活期，发生意外情况时随时提取。为了新枚的专业需要，丰子恺又托日本友人内山完造的弟弟购买日文版精密仪器制造方面的书，并表示书款由家中支付，而其他学习上的用书则从新枚的每月经费中支付。

从新枚大学期间父亲写给他的信来看，丰子恺对他的怜爱和关心真是无微不至：

"因为你长住在家里而忽然离家远行，所以家里人非常想念你。所以你务必多加保重。第一是健康，第二是交际，第三是处理自己的日常生活。凡是衣物、用品、饮食，都必须自己注意。"

"蚊帐需要吗？你信里提起。今天阿姐买了一顶（七元多）。今天（九月三日下午）用小邮包寄去。但到达恐怕要十天或两星期左右。如果邮包到时蚊子已没有了，你就把这蚊帐放到箱子里，明年再用。"

"与外国人通信，今后约束为好。凡是资本主义国家的人，尽可能少通信为妙。我家同邮局交往甚多，随便什么信都没关系，但作为学生，邮局也许会加以注意，所以必须小心。"

"寒假有两星期，真高兴！那你一定回来。学生打折的票要坐两天三夜，不行。尽可能乘一般的快车。别太省钱。"

"你还没有到过北京。如有空闲，不妨到北京去一趟。比如星期六下午去，星期天晚上火车回来。花的钱不多。你可在阿哥（注：指丰元草）处住宿，做一日游。用不了十块钱吧。由阿哥为你导游，可以游玩一些主要的地方。但事先必须与阿哥约好。"

"此处诸人皆平安度日，候你两月后归来。客堂里的钢琴也在等你归来。你离去后，这钢琴没有一个人弹。"

"学校的伙食如果变了食堂制，你要尽可能选营养好的菜来吃！因为健康最重要。"

"你劳动结合业务，很有兴味，甚好。弄机械要当心危险。"

1964 年 7 月，新枚大学毕业，因成绩优异，尤其是他的外语成绩突出，是班级里的尖子，被推荐到上海科技大学外语进修部英语系读研究生，进修 2 年。新枚重新回到了父亲丰子恺身边，丰子恺也因为新枚的回归，心情舒畅，两人重新回到了过去那种一起饮酒吟诗的欢乐时光。

与此同时，新枚的感情生活也得到了发展。

四

新枚和他的表妹沈纶是一对青梅竹马的恋人，小时候经常在一起玩捉迷藏、老鹰捉小鸡、躲猫猫等游戏。在大人眼里，新枚是"捣蛋"中的带头人，常从堆得高高的稻草堆上跳上跳下，沈纶则紧跟其后。因沈纶是其中最小的一个，自然受到新枚的关心和保护，久而久之，感情渐升，他俩大学毕业后，便正式确定了恋爱关系。此时，一个在上海读研究生，一个在天津工作，没想到，这种两地分离的状况，竟然贯穿他们的一生。

沈纶性格温柔、心地善良、善解人意，深得丰子恺及全家人的喜爱。因沈纶小时候大家叫她"小毛头"，丰子恺在给新枚和沈纶的信中，用石门话，称沈纶为"咬毛""咬猫""好猫""好毛"。

按常理，新枚应该于1966年夏研究生毕业，然后可分配在上海一个较好的单位。然而此时，丰子恺被列为批判的对象，新枚的分配工作被延迟了。

全家都为丰子恺的身体担忧，整日心情沉重，焦虑不堪。此时，新枚和沈纶感情稳定，也到了谈婚论嫁的年龄，双方经过协商，决定结婚，说不定可以借此给家里"冲冲喜"。

1967年11月29日，一个风雨交加的日子，那天正好又是丰子恺挨斗的一天。已经在天津工作的沈纶，特地从天津赶到上海。由于丰子恺家已经受到了监视，喜酒办在了重庆南路沈纶的娘家。临近傍晚，丰子恺还没回家。新枚和沈纶轮流在窗口守望父亲的归来，新枚更是下楼去弄堂口等了多次，最后终于等到了父亲。新枚搀扶着父亲上楼，丰子恺虽然极度的疲惫，但跟往常一样，没有流露出不高兴的样子，反而劝慰新枚和沈纶："今天是你们的好日子，勿要为我的事扫了你们的兴，我自己都不在乎，你们更犯不着不开心了。"又催促他们快去沈纶家喝喜酒去，那边亲友都在等着呢。新枚看到父亲受到这般遭遇还这么为他们着想，心里更是难受，不得已向父亲告辞。在去沈纶家的路上，一脸愁云，沈纶则默默跟着他。

在沈纶家，除了丰子恺和陪着父亲的丰一吟，大家欢聚一堂，简单备了一点菜肴，以茶代酒，祝福两位新人喜结连理，低调地完成了新枚和沈纶的结婚仪式。而喜酒席上的新枚，心里始终惦记着父亲，面色一直是阴沉的，毫无新郎官的喜气。吃完饭后，他就带着沈纶赶紧回家看父亲去了。

丰子恺虽然因被管制外出，没能去参加儿子的婚宴，但他在家还是喝了不少酒，在心里为儿子儿媳祝福。新房安置在三楼，当亲友们陆续来看新房，丰子恺也走上三楼来为两位新人祝贺。他亲自在新房中点燃了一支红蜡烛，又送给新婚夫妇各一枚精美小镜子，以示新人同镜同心。还为他们的新婚写了一首诗：

> 喜气满新房，新人福慧双。山盟铭肺腑，海誓刻肝肠。
>
> 月黑灯弥皎，风狂草自香。向平今愿了，美酒进千觞。

虽然有父亲和亲友们的道喜，但倔强、耿直的新枚，一直为父亲所受到的不公平待遇愤愤不平，等大家离去后，忍不住发泄了一通，而后又一直沉默不语，间或歇斯底里地大拍床沿。真是一个难忘的新婚之夜！

新枚的喜事，确实给丰子恺在精神上冲了喜，暂时冲淡了无休止的批斗带给他的苦闷和烦恼。他在为新枚新婚贺喜的小诗上，又重新进行了完善，写成了一首长诗《贺新枚结婚》：

> 香阁气氤氲，佳期逢小春。山盟铭肺腑，海誓守心魂。
>
> 月黑灯弥皎，风寒被自温。向平今愿了，美酒进千樽。
>
> 美酒进千樽，当筵祝意深。相亲如手足，相爱似宾朋。
>
> 衣食当须记，诗词莫忘温。胸襟须广大，世事似浮云。

丰子恺甚至把新房里他亲手点燃的红蜡烛的烛头都保存下来，以示纪念。

五

1968年4月，因受父亲的影响，新枚莫名其妙地被分配到河北省石家庄市华北制药厂。丰子恺虽不舍儿子离他远去，但也无可奈何。为此，他写首了长诗《送新枚赴石家庄》，寄托自己对爱子的怜惜和鼓励：

"结缡才四旬，忽作分飞鸟。幸汝犹未去，伴我数昏晓……汝今入世途，万事心欲小。胸襟须宽广，达观以为室……他日重相见，先把孙儿抱。"

新枚在车间当了一名仪表检修工，此岗位工作强度不大，工人们都很朴实，这就给了新枚一个相对安定的空间，他重又拾起读书写作的爱好，偶尔投稿所得稿费一分不留，平均分送给母亲与岳母。

新枚对诗词的爱好也有了用武之地，他经常和父亲丰子恺在来往信件中交流诗词心得，遇到不能公开讲的心里话，便利用诗词，嵌入密语，或用外文写信，父子俩在离别的日子里，频频书信往来，诗词接龙，自得其乐。

而早日到新枚所在城市石家庄，与儿子一家生活在一起，是丰子恺晚年念念不忘的一件事：

"我近日闲想，将来迁居石家庄，同你住在一起。我不在乎吃食。"（1969.4.28）

"希望三秋时能到石家庄见你。一定可能。"（1969.5.17）

"秋天我一定可到你处。"（1969.6.22）

"秋天到石家庄，已成泡影，明春一定可靠……今天阿姐（注：指丰一吟）说，她也许要派到外码头工作。我劝她要求派到石家庄，我与母跟她走。倘能如此，我们可以长久团聚了。至于石家庄物质生活条件，我实在看得很轻，不成问题的。"（1969.8.23）

"秋天到石家庄，早成泡影，明春是否能实现，也是问题。"（1969.11.15）

"石家庄之行，今秋不行，明春又靠不住，明秋一定成功。"（1969.11.27）

"是以心君安泰，指望秋日痊愈，到石家庄看你。"（1970.3.30）

"我预想：秋间到石家庄……"（1970.4.6）

"希望秋来能带小羽（注：新枚之子）及小明（注：一吟之女）到石家庄。"（1970.4.10）

"宝姐十元，等我到石家庄来买物吃。"（1970.4.26）

"你修养功夫真好，已心理准备我今秋不到石家庄，我实比你热心，只要可能，我总想今秋到石家庄。"（1970.5.25）

"你们三人能团聚，是大好事，我那时一定到石来看你们小家庭。我很想离开上海，迁居石家庄呢。"（1970.12.26）

可是，现实偏偏这么残酷，丰子恺后来又去乡下劳动，累坏了身子，不得不长期病假。丰子恺想到石家庄看望儿子一家的心愿，最终还是没有实现，这不得不说是丰子恺晚年最大的一个遗憾！

1969 年，儿子出生，新枚当了爸爸，丰子恺为孙子起名"丰羽"。小孙子的降生，给了病中的丰子恺莫大的安慰。他为孙子写了首诗《小羽》，借此表达一家人早日团圆的心愿："小羽生四月，小脸极可爱。父母各一方，形似三角恋……天下有情人，朝夕长相见。"

1975 年 9 月初的一天，新枚接到家里的电报，父亲被检查出患了肺癌，而且是晚期！新枚连忙向厂里请假赶到上海。丰子恺此时已经说不出话了，但神志还清。他做了一个手势，再指指新枚，一旁的一吟马上领会了，因为在丰子恺健康时，已经提到过有 3 篇译作要交新枚保存，他认为，交给新枚保存在石家庄比放在自己身边安全。

丰子恺的病情继续恶化。见父亲有话要说，一吟反复问他，可他已经发不出声音了。新枚灵机一动，找出一本练习本，一吟马上递上圆珠笔。丰子恺拿了笔，在本子上画了几笔，终因无力握笔，本子上留下了一些不规则的图案，这也成为丰子恺留给世人的绝笔！

1975 年 9 月 15 日中午 12 时 08 分，丰子恺躺在上海华山医院的观察室的病床上，带着太多的遗憾离开了人世。新枚号啕大哭，他知道父亲的遗憾是什么，父子间的感情旁人无法体会。上大学前一直与父亲生活在一起，父亲教他做人的道理，教他古诗词，教他外文，一起玩诗词接龙游戏，一起喝酒，一起旅游……离开父亲在外求学、工作期间，与父亲之间长达数年的笔墨交谈，让彼此更懂对方，父子间的感情有增无减，这也是丰子恺晚年一直想到石家庄与新枚一起生活的动力。新枚知道，这一天，已永远不可能再来了！

六

新枚所在的华北制药厂是拥有上万员工的大厂，分配住房是按照进厂工龄排队的。为照顾夫妻长期分居，沈纶从天津调入该厂，此时他俩已经有了儿子，但三口之家只分到一小间，连儿子的一张小床都放不下。门口的走廊是各家放煤球炉的大厨房，嘈杂局促的环境，严重影响着家庭生活。这时，新枚得到消息，河北大学需求外语老师，且可解决住房。为了改善住房条件，新枚接受了应聘，并试上了一堂英语课，校方听课后很满意。在进行商调时，厂里有关领导才知有此人才而不愿放行，并有意将闲置在仓库内的捷克进口的机器说明书交给新枚，让他一周内完成捷文翻译，希望能启用这套设备。新枚三天内就完成了任务，这给了领导一个惊喜，更加不肯轻易放新枚外调了。

后来，政策逐渐开放，为培养外语人才，石家庄开办了外语班培训，厂领导派新枚去插班学习。北京来的外语教师，发现新枚的外语水平已达到教师程度。培训班结束后，厂领导将他调入技术研究室任技术员。

1978 年 1 月 10 日，教育部发出《关于高等学校 1978 年研究生招生工作安排意见》，决定将 1977、1978 两年招收研究生合并进行，报考年龄放宽到 40 岁，没有学历要求。这一年，新枚 37 岁。妻子沈纶清楚新枚的实力，劝他报考研究生。新枚虽然考取过上海科技大学外语进修部英语系的研究生，但他也清楚，这次的考研是改变自己命运的转折点，他不想轻易放弃这个机会！经过一番努力，新枚如愿考取北京中国科学院情报研究所，离开了华北制药厂。

1979 年 8 月，还在读研究生的新枚被国家科委选中，派往德国学习专利知识。长期以来，中国没有专利制度，而专利制度对于改革开放后中国的科技发展与社会进步意义重大。新枚深知作为中国第一批专利人才，自己肩上的责任和使命。在德国慕尼黑，新枚和他的伙伴们每天早上匆匆吃完早餐，就赶往欧洲专利局学习。对闻所未闻的专利理论每每犯难，他们晚上就将学习时的讲义带回房间，一起讨论这些晦涩的理论。虽然此次培训只有短短 3 个月，却让新枚日后成为专利专家打下了扎实的基础。

研究生毕业后，新枚为了侍奉老母方便，打算调回南方工作。1982 年，上海科大外语系拟聘请他为教师，把他先借调至上海出国人员培训班，教英语会话。在此期间，他参与翻译并出版了西德专家克劳斯·赖齐本等人的专著《实用情报文献工作基础》。

1983 年，浙江省计算机研究所为了引进人才，向新枚抛出了橄榄枝。因为新枚在上海科大的编制暂时没有落实，新枚选择去了杭州，进了省计算机研究所。接着，沈纶也调到杭州，他们的儿子丰羽考进了浙江大学，聚散多年的三口之家终于在西子湖畔团聚了。

1985 年 9 月，丰子恺逝世十周年时，广洽法师从新加坡来到杭州，把完整的六集《护生画集》原稿捐赠给浙江省博物馆。在孤山文澜阁的捐赠仪式上，新枚也将父亲丰子恺特别画给他的《敝帚自珍》画集共104幅作品，捐献给了浙江省博物馆。这部画集是丰子恺陆续夹杂在给新枚的信中寄给新枚的。丰子恺个人对这些作品比较重视，认为这些作品"虽甚草率，而笔力反胜于昔"，并在该画集自序中写道："今生画缘尽于此矣。"

1987年，又有一个机会摆在了新枚的面前。沈纶通过新枚的同学得到一个信息：香港永新专利商标代理公司在招聘人才。沈纶鼓励新枚去应聘。从新枚考研，到两人的工作调动，外柔内刚的妻子沈纶都起到了决定性作用，这次也不例外。当新枚单位不肯放行时，又是沈纶代新枚向他单位说情，才促成此事。好不容易一家三口在杭州安定下来，由于新枚的工作调动，他们又过起了牛郎织女般的生活。

为了照顾丈夫，沈纶决定自己提早退休，到离香港较近的深圳暂居。此时儿子丰羽在澳洲大学硕士毕业也到了香港工作，父子俩周末一同回到深圳，一家人重新在深圳享受着难得的天伦之乐。

在香港永新专利商标代理有限公司工作期间，新枚担任电学部经理，出色的专业技术和业务能力，赢得了大家的赞誉。1998年，60岁的新枚办理了退休手续，但仍被公司返聘。

2002年，沈纶被确诊为原发性卵巢癌晚期，回到上海住院治疗。病重期间，新枚特地请假从香港过来陪伴。为了住院治疗等方便，在肿瘤医院附近买了一套新房子，新枚打算正式退休后，夫妻二人在沪定居，安享晚年。然而，终因病情恶化，沈纶于2004年8月18日去世。这给了新枚很大的打击！从结婚到现在，夫妻二人聚少离多，一直处于两地分居的状态，好不容易等到了可以终日相伴的日子，却已是阴阳两隔，人去楼空。这一年的11月，新枚正式退休，从香港回到了上海定居。

回沪独居的新枚，常常梦见爱妻，有一次梦到在一个荷花池畔遇到爱妻，她只是对他笑，他问她问题，她笑而不答，旋即梦醒。于是，他拾起往日从父亲丰子恺处学到的古体诗衣钵，把自己对爱妻浓浓的深情，陆续写下了一组悼亡诗：

（一）

断肠人去绝无踪　　俗世原来彻底空

寂寞残生能几许　　但求夜夜梦魂同

（二）

生死离别两茫茫　　玉殒香消剧可伤

自古贤良多薄命　　相思泪损相思肠

（三）

荷花池畔晚风清　　绰约仙姿笑语频

欲诉相思离别苦　　南柯一枕梦魂轻

（四）

年华冉冉春晖暖　　三代同堂喜气盈

人去楼空缘尽矣　　红尘仙境两离分

（五）

弹指声中过一生　　含辛茹苦持家勤

而今撒手尘寰去　　物是人非夜夜情

（六）

知音欲报苦无缘　　诀别匆匆数日间

离别悲欢今尽矣　　他生杳杳是何年

（七）

当年劳碌苦清贫　破瓦泥墙旧布衾

盼得丰盈人去也　纵横老泪养残生

（八）

浣溪沙

悼念亡妻——携孙女返回蛇口

南国初秋雨乍晴　天高气爽晚凉生　归来不见旧时人

三岁婷婷娇小甚　岂知生死别离情　潸然悲恸泪沾襟

七

2005年9月12日中午，新枚做东宴请亲友，饭后走出餐厅，在台阶上与大家告别，因水门汀台阶较滑，新枚不慎脚一滑，整个人重重地摔倒在台阶上。"咚——"随着一声沉闷的巨响，新枚的后脑勺撞击台阶的响声，震惊了每个人。大家立即叫来了救护车，把新枚送到附近瑞金医院急诊，医生马上对他进行颅脑手术。然而，终因伤势严重，没能把新枚抢救回来。

新枚的姐姐们心里那个痛啊！这个小弟在姐姐们心里是何等的宝贝！抗战时期出生的小弟，可以说是姐姐们一手带大的，尤其是比新枚大9岁的姐姐一吟，在新枚上大学前，一直是生活在一起的，两人感情最深，连丰子恺都知道："这个姐姐（指一吟）实在喜欢你。你无论如何不能忘记她。她真是无微不至地关心你。"新枚有什么话也都与一吟姐说。所以，当新枚突然离世后，一吟悲痛欲绝："那是我一生最悲伤的一件事。爸爸妈妈去世，丈夫去世，都有一个生病的过程，让人有思想准备。弟弟却如此迅速，不别而行。我好长一个时期几乎天天暗自流

泪。"（丰一吟《我和爸爸丰子恺》）

值得欣慰的是，新枚的儿子丰羽，没有辜负其父母亲对他的一片期望，考入浙江大学后，又去了澳大利亚留学。留学期间，一边打工一边学习。1995 年，丰羽硕士毕业后，在香港一家中资机构工作，并在香港成了家，有了一儿一女。2008 年底，事业有成的丰羽出资 350 万元，赎回陕西南路 39 弄的丰子恺旧居"日月楼"二、三楼的使用权（一楼因住户要价太高作罢），以"丰子恺旧居陈列室"的名义，展出丰子恺生平、绘画、文学、艺术、译作和书法等方面的成就，向公众免费开放[2014年10月起因一楼邻居以影响正常生活为由阻挠参观而暂停开放]。

（原载《梧桐影》2016 年第一期"丰子恺及其子女专辑"）

2018 年 12 月 14 日至 17 日，在广东潮州举办了纪念张竞生博士诞辰 130 周年暨"张竞生与现代中国"学术研讨会，来自北京大学、清华大学、复旦大学、上海交通大学、中山大学等单位的 150 余位专家学者和社会各界人士参加了会议。与会代表围绕张竞生与现代中国、张竞生美学思想、乡村建设思想、性教育思想及其他领域研究等专题展开学术讨论，交流研究成果。这是迄今研究张竞生的第一次全国性学术研讨会。

本人有幸受邀参加了这次全国性的盛会，聆听了专家、学者们的讨论发言，获益匪浅。开幕式上，陈平原教授和刘达临教授的发言最让我印象深刻。北大教授陈平原先生本人就是潮州人，与张竞生先生是同乡，他把张竞生置身五四新文化运动的背景下，认为他是一颗划过天际、瞬间照亮漫漫夜空的彗星，被占据 20 世纪中国思想学术主流地位的五四新文化人集体所抛弃，长期被扭曲与遗忘，是新文化的失败者。但他提供了一个独特的观察角度，帮助我们串起了一部"不一样"的中国现代史。因此，谈论历史进程时，要记得那些功成名就者，也要记得半路上被甩下去的战友。上海大学刘达临教授本人就是当代的性学专家，他不赞成陈平原教授的说法，认为张竞生不是失败者，我们今天开这样一个隆重的纪念大会，本身就说明他是个成功者。

会前征集了张竞生研究学术论文，并汇编了一本《论文集》，收录了五十多篇论文（或提纲），本人所写的《"奇女子"褚松雪》有幸位列其中，这是本次大会上唯一一篇不是张竞生专题的论文，这也是之前让我颇为纠结的一点。

当接到主办方的邀请后，我就犹豫自己要不要参加这个会。

我是因为关注嘉兴籍"奇女子"褚松雪（又名褚问鹃）才关注张竞生的。褚松雪和张竞生有过一段短暂的婚姻关系，两人最后还是因为各自的人生目标和性格差异等诸多因素而分道扬镳。两人由爱而恨，由恨而相忘于江湖，成为各自人生道路上的一段插曲。生前他们就老死不相往来，身后旁人有必要帮他们去凑这份热闹吗？但看到这几年张竞生研究中，涉及褚松雪问题时，大多站在张竞生立场上来看待褚松雪，对她的评价失之偏颇，更有误解成分。这些研究者中，不乏张竞生研究专家，而研究者互引资料、人云亦云的现象更是比比皆是。我对褚松雪关注多年，挖掘了她的不少史料，对她的生平和成就，自认比别人更有发言权，看不得别人的胡编乱造。2016 年，我赶在岁末，自费印发了《褚问鹃诞生一百二十周年纪念专号》（《蠹鱼》总第二期），把她作家的一面呈现给广大读者。但这远远不够，能够在全国性的张竞生学术研究会上为"奇女子"正名，应该是最好的发声机会。

与此同时，主办方韩山师范学院的孔令彬教授邀我参与张竞生纪念馆中有关褚松雪的材料布展，让我撰写一份褚松雪的生平年表和著作年表，这让我对褚松雪的生平再一次进行了一番梳理。

褚松雪（1896-1994），又名褚问鹃，浙江嘉兴人。她早年受新思潮影响，不满封建家庭的束缚，立志"做一点有益社会的事"。在解除了家庭包办婚姻后,她离开了北京的家,来到山西阳高担任小学校长时,被北大哲学教授张竞生博士发现,即认定她为中国的"奇女子",并将她介绍进北大求学,使其接触到了革命思想,结识了像李大钊、张挹兰等一批革命者。在第一次国共合作时期,凭着自己出色的才干,先后担任了国民党北京执行部妇女部部长、国民党上海市特别党部妇女部长、国民党武昌市党部妇女部部长。第二次国共合作期间,担任过战干团女生大队训育主任、政治部设计委员。她发表过一系列论述妇女解放运动和开展妇女工作的文章,是一位妇女运动先驱人物。她凭借其才华进入军界,主编《偕行》军刊,并先后担任陈诚和罗卓英的机要秘书,其良好的国学素养和务实的工作作风,深得赏识,成为军中职位最高的女性。她精研经史百家,也擅长诗词、小说、散文、文艺评论等新文体写作,晚年撰写回忆录《花落春犹在》,情文并茂,催人泪下。这样一位民国才女,其波澜壮阔的人生轨迹,在同时期女性中无出其右!

我撰写的论文,以褚松雪生活和工作过的几个重要城市作为其人生坐标进行概述。为配合这次会议的主题,我特别强调指出:当初褚松雪之所以被张竞生所吸引,就是因为她就是张竞生理想中的"奇女子"。可惜,张竞生识得奇女子,却驾驭不了奇女子,终究没能走进奇女子的心里。尤其是当《性史》出版后,张竞生的处境让他处处碰壁,事事失意,加上性格上的缺陷,情绪上的失控,与褚松雪心目中的理想爱人形象越来越远。而奇女子本人似乎并没有被环境所左右,甚至越挫越勇,并一直朝着自己的既定方向大步向前走着。我以《"奇女子"褚松雪》为题提交了论文,并在研讨会上做了交流发言。可能是唯一一篇不是以张竞生为写作对象的论文,便显得与众不同,主办方当天的公众号推文特意登了我的发言摘要和照片。

第二天，与会代表来到了张竞生的故乡——饶平县浮滨镇大榕铺村，拜谒了张竞生墓，参观了张竞生故居，参加了张竞生纪念馆的开馆仪式。去年我曾借出差之机，特地来到这里寻访，在张竞生先生的次子张超先生的陪同下参观了故居。当时感觉此地离我想象的差距较大，虽然也是做了修缮，但比较简陋，与张竞生这样一位文化先驱的身份很不相称。才一年多时间，这里已是旧貌换新颜。

　　以故居为中心，这里建成了"张竞生文化园"，占地面积四十多亩。园中最引人注目的，是新建了一座颇具规模且很有特色的"张竞生纪念馆"。纪念馆的甬道上，别出心裁地刻着张竞生的简要生平。走进纪念馆，迎面就是张竞生半身塑像，身后就是他的一个大事年表，占了三堵墙面。大厅左转，赫然看到，这个通往二楼过道的墙面上，就是褚松雪年表和褚松雪著作简表。看着自己提供的资料在这里醒目地展出，我很是激动！在精心布置的张竞生纪念馆中，能给褚松雪留出位置，我觉得主办方用心良苦，也很有眼光。褚松雪是张竞生绕不过去的一个女人，尽管生前他曾一度对她恨之入骨，公开谩骂，但人家始终不曾诋毁他，即使跟他绝交，也客客气气称他一声"竞生君"。褚松雪是张竞生发掘的"奇女子"，她的成就越大，越证明了张竞生不俗的眼光。至于两人的恩恩怨怨，那就留待后人去评说吧。

　　当我知道让我参与褚松雪部分布展的，是张超先生把我推荐给主办方的，我对张超先生更加敬佩！这几年我致力于收集褚松雪资料，张超先生给了我不少帮助，所以这次我特地拉着张超先生在展板前拍了张合影。当张超先生把我介绍给身旁的刘达临教授，说这部分内容是我提供时，刘教授握着我的手说："感谢你做了一件好事！"

　　我还发现，在褚松雪展板下的展柜中，陈列着她的一些著作，还有一张她逝世时的讣告。而我主编的《褚问鹃诞生一百二十周年纪念专号》（《蠹鱼》总第二期）也陈列其中，让我深感欣慰！

研讨会结束后，我看到韩山师范学院一位老师在微信朋友圈发了条信息："之前阅读了《张竞生传》，传记把褚松雪写得很不堪，心有存疑。张竞生这样一个特别的人，不可能找一个俗人。研讨会期间发现了一篇特别的论文，专门写了褚松雪，文章证实了我的猜测……"

我想，我的努力没有白费！

（原载《嘉兴日报》2019 年 10 月 28 日）

漫天风雨大地上的一缕阳光
——浅谈嘉兴籍女作家褚问鹃的小说创作

　　有着北大研究所国学门学历背景的嘉兴籍女作家褚问鹃，写小说本不是她的强项，她其实是为生活所迫，又想表达自己的思想观点，才选择了写小说这条路，虽然走得并不远，现代文学史研究者们几乎无人注意到她，但她的小说却是值得一提的。

　　1929 年，当时叫褚松雪的她，因为大革命的失败，回到了上海的家。其实经过这几年妇女运动的洗礼，她的学识，她的口才，尤其是她的文笔，使她在当时的妇女界早已声名鹊起。她在报刊上发表了一系列有关妇女解放运动的鸿篇巨论，影响深远，最著名的要数 1927 年在《中央副刊》上连载的《中国妇女运动浅说》。但回到上海的她，没有工作，丈夫张竞生又远赴法国谋生，留下的生活费，远不够她和孩子的开销，她需要有经济来源。于是，她想到了写小说糊口。

　　当时的文坛其实是蛮热闹的，各种文学社团层出不穷，一部分参加过第一次国内革命战争的作家，回归到文学创作上，作为各社团的主要力量，纷纷举起文学革命的旗帜。各社团之间因为创作倾向不同，笔战不断。刚刚涉足文坛的褚松雪，似乎没有理会这一切，她一头扎进外国文学的海洋中，不停地吸吮着创作的养分。其中，俄国作家契诃夫的短篇小说是她最为欣赏的，也因此影响到她的创作。最能体现她这一阶段创作特色的，是1929年8月由上海光华书局出版的短篇小说集《女陪审员》[《女陪审员》，短篇小说集，署名张问鹃女士，上海光华书局1929年8月初版，上海大光书局1936年6月再版]，当时署名"张问鹃女士"。

一、关注妇女题材，替女性同胞代言

《女陪审员》这部小说集，收录了褚问鹃在不到一年时间中创作和发表的七个短篇小说，都是写妇女题材的，这正是褚问鹃最熟悉的领域。她在"自序"中写道："我因为要替可怜的女同胞们解除痛苦，虽然碰破头皮，却不曾看见一丝功效，甚至把自己沉入悲哀的海底，所得到的，依然是黑暗和空虚，我本想再起来去碰头去，然而我不能，因为我的生命力消沉，并且也没有我实行的余地了。无可奈何，只得拿起这支秃笔来，把女同胞受苦的情形，约略写了几段……只求发出我胸头的闷气就够了。"从1924年担任国民党北京执行部妇女部部长，到1926年、1927年间在湖北省妇女协会中担任主要领导干部，褚问鹃这几年一直从事妇女工作，开展妇女解放运动，对当下中国妇女的生存现状比较了解，所以她的小说能够直击妇女问题要害。

《女陪审员》是褚问鹃的小说处女作，是她根据亲身经历的一件案例创作的。小说通过一名法院书记员的叙述，写出了一名女犯的不幸遭遇和一名女陪审员的正义感。女犯丈夫被人告了逆党被抓，因为女犯去探监，触犯了特别法令，凡探望或营救逆党者，一律处死。女陪审员出于维持人道，提出释放女犯未果，等她拿到证据表明这对夫妇实际是被人诬陷的，但为时已晚，夫妇二人均已被处死。整篇小说篇幅不长，但反映的社会问题比较尖锐。作者通过女陪审员这一人物，客观地呈现一种社会现象，并将自己的观点表露无遗。如果没有一点社会责任感，没有一点直面生活的勇气，如果对司法环境不熟悉，都是很难写出这样的小说的。而一位初出茅庐的女作家，一出手就去触碰这样的题材，实在是难能可贵的！

《一个樵柴的女子》通过一个军人在山中的所见所闻，描写了一个女革命家因为革命运动的失败，在山中避难的故事。又是一个不寻常的题材，当时很少有作家去写这样的人物，但这却是褚问鹃熟悉的人物，某种意义上说，她本人就是这样一个"樵柴女子"。如果了解她之前的生活经历，不难发现，她其实是在借这个樵柴女子的形象，来祭奠自己曾经的抱负和爱情。面对残酷的现实，她已失去反抗的力量，只得躲进深山中"和草木为邻"，过一种清静的生活。这何尝不是褚问鹃当下的生活写照？

《絮因女士》写了一个恋爱中的女人，想爱又不懂爱，一味地退让，最后丢了幸福还丢了命。这是一个残酷的爱情故事，作者写出了当时社会中很多女性在恋爱问题上造成的自身悲剧，非常具有典型性。

《女丐》描写的又是一个女性的悲剧故事，女人用自己做针线活赚来的辛苦钱供丈夫念书，把眼睛也弄坏了，成了瞎子。男人留洋去了国外，音讯全无，女人还傻傻地等着，三年后终于等到丈夫的一封信，信中附来一张照片，自己的丈夫边上站着一位外国女人，披着婚纱。她被赶出了夫家，成了一个乞丐，常常对人说要积起钱来到外国找她的丈夫去。褚问鹃将这个女人的悲剧用冷静、客观的笔墨写来，读来更觉震撼！

褚问鹃刚刚起步写小说，没有像同时期的女作家那样，专注于个人的儿女情长，家长里短，而是直面社会现象，反映妇女苦难的命运，其宗旨还是与她当初投身妇女运动一样，为了唤醒妇女的自我觉醒，抗争社会对妇女的不公。

二、"真正的短篇小说"

《女陪审员》这部短篇小说集出版以后，反响较好。当时的发行量较大的《申报》有一个"新书月评"的专栏，时任世界书局编辑的汪倜然先生〔汪倜然（1906—1988），原名汪绍箕，曾用笔名周人、华侃、杨健、洪广，黟县宏村人，出生汉口。现代作家、文学翻译家。曾在世界书局、启明书局任编辑，曾任《大晚报》社长。1988 年 11 月 5 日在上海逝世〕就曾撰文推荐过《女陪审员》，对褚问鹃的小说推崇备至：

"对于这本小说集，我们简直只有赞美，尤其是要赞美这位女作家和其他女作家不同的地方，这不同的地方是在于写小说的手法上。我们都知道，写小说的女作家已经很有几位了，但是她们的作品完全是同一个面目的，都是以所谓'细腻的心理描写'见长……正因为像短篇小说的小说少，所以我们看见《女陪审员》里的几篇短篇小说时，特别地感到喜悦。的确，这个小说集的最大特色就是，它给我们的确实是短篇小说，而我们要赞美作者的正在于此，就是她肯写而且能写'真正'的短篇小说。"〔见 1930 年 6 月 3 日《申报（本埠增刊）》〕对于一位刚刚冒出来的小说作者的处女作，给予如此高的评价，实不多见。可贵的是，小说作者与书评人从未谋过面，以至褚问鹃晚年在台湾对这位素昧平生的书评家当年的提携还念念不忘。〔见《烬馀集》（褚问鹃著）初版自序，该书 1964 年 6 月自印发行〕

当年读书界影响较大的《读书月刊》〔《读书月刊》1930年11月创刊，1933年10月终刊，上海光华书局编辑出版，主编顾凤城。每期约10万字，旨在指导青年读书方法、鼓励青年创作，内容侧重于文学，读者对象亦以文学青年为主〕上有一位署名"轶群"的书评人，对《女陪审员》也是赞许有加："这本书的好处，在于结构的精密和作者的深刻，差不多每一篇的情节都是一个令人惊悚的故事……在举世风靡于不讲结构，专以琐屑细腻见长的空气中间，这本小册子的产生，尤其像漫天风雨的大地上，忽然看见一道皎洁的阳光似的。"〔见《读书月刊》（上海光华书局编辑出版）1931年第1期〕

褚问鹃的短篇小说，个人觉得最值得赞赏的是，作者对于人物的刻画细腻传神。《女陪审员》中，她这样描写女犯："那女犯是一个孕妇，肚子大得像一个酒瓮一样，衬着纤小的头和脚，使人想起一个橄榄，剪短了的头发，蓬得像一堆乱柴，两只红肿的眼睛，嵌在苍白色的小脸上，似乎还有点美丽。"让人一下就记住了女犯的形象。在《学监马老太》中，作者除了细致地描写了学监马老太的面部特征外，还写到了她的神态："她走起路来，挺着胸脯，仰着头，气概昂然，好像一个战场的壮士，假使是遮去两只小脚的话。我去时，她正在理书，她处置这些书本，像处置炮弹一样。"一个古怪的学监形象立即呼之欲出。《絮因女士》中，为了表现絮因女士想爱又不敢表白，难得与意中人有对话的机会，却表现得爱理不理，以致把自己彻底逼进了死胡同，那一段描写就非常精彩："她一边说话，低着头用手指在木马身上一画一画地尽管画，已经画上几十道了，此时抬起头来，正想等他最后的答复。'啊……'哪里还有陈方的影子。她心上一酸，忍不住掉下泪来，怕被人看见，忙用手帕擦干……歇息了半天，好容易站起身来，鼓足精神走向房里去，脚步却像飞一般快，吓得两只黑狗一齐逃到门外去，掉头来'汪汪'地向她叫。"那种失魂落魄的神情，很具画面感。

另外值得赞许的是，褚问鹃的小说结尾处毫无拖泥带水，恰到好处，又耐人寻味。《血书》最后写道："过了两天，名流联欢会在报上登着这样的一节启事：'主席华龙先生，因为要到很远的地方去旅行，业已辞去职务。'"一个可怜的痴情男在知道自己被一个女人骗了二十八年后的那种伤痛感，让人浮想联翩。《絮因女士》的结尾："从此年年寒食，絮因女士的三尺坟前，也常有一沓纸钱，在草间飞舞，这是陈方夫妇叫人送来的。"寥寥几笔，引人遐想。《学监马老太》的结束语："第二天醒来，老不听见打铃，方知停了课，送马学监的丧。"简洁，利落，无一字多余。

除了小说集《女陪审员》以外，褚问鹃还写了其他一些短篇小说，也是可圈可点的，如1930年发表于《现代文学》上的短篇小说《哲学博士》，很容易让人联想到她的丈夫——哲学博士张竞生先生，一个脾气暴躁、自命不凡的哲学博士，被褚问鹃刻画得惟妙惟肖。1934年发表于《青年界》上的短篇小说《孝子》，写了一个不孝儿子因贪念家财而毒死了自己的父亲，为在众人面前表现自己是个孝子，在父亲临死前，不惜割下自己手臂上的肉煎汤给父亲喝，赢得了"孝子"的口碑，他如愿以偿娶到了名妓，谋得了官职，但到头来还是落得一场空。小说最后的描写极具讽刺意味："不过所可引起自慰的，就是家乡老屋的大门上，新近挂上了一块泥金大匾额，上面写着'纯孝可风'这四个字。"这篇小说于1936年被上海经纬书局编入《当代创作小说选》（朱益才编），该选本将当时一大批优秀作家的小说囊括其中，包括茅盾、郁达夫、冰心、丁玲、鲁迅、巴金、老舍、徐志摩、郭沫若、沈从文、庐隐、凌叔华等人的小说，影响较大，一版再版。

三、高瞻远瞩的文学主张在中篇小说《哨兵》中的体现

褚问鹃凭着丰富的妇女工作经验，对于中国妇女革命的方向有着自己独特的见解，一旦将自己的工作重心转向文学创作后，她同样有着自己对于文学的主张。

她曾在报刊上撰文发表过《文学与时代》一文，谈她的文学观点："一个作者，是人类舞台上的演员，同时也必须是一个旁观者，而且他有一双透视一切的眼睛！能够把人类心灵活动的真相摄在自己的脑筋里，再用忠实的态度把它们一一记录在自己的笔底下……每一个作家，都有他的特殊的时代环境，所写出来的作品，便都是'时代的反映'……可是所谓反映时代，也有'意识的'和'非意识的'的区别。"她认为仅仅反映时代还不够，她欣赏法国作家雨果和挪威作家易卜生的创作倾向，尤其是易卜生笔下的娜拉形象，认为"几乎是全中国女青年所一致崇拜的对象""他们这些伟大的思想家，都能够凭仗自己的精密的观察，热烈的同情心的运用，既看透了旧制度的黑暗和行将崩溃的端倪，复把握了人类新生的预兆"。所以她认为"'领导时代'方是文学的最高使命"。［见《读书月刊》(上海光华书局编辑出版) 1932 年第 1 期，后收录《烬馀集》(褚问鹃著)］

她特别欣赏波兰作家普鲁斯的小说《哨兵》(今译《前哨》)，认为小说中描写波兰农民"在崩溃的封建势力下面喘息未定，即刻又被新兴的资产阶级的暴力所压碎"的生活现状，就是中国农民的生活写照。为此，她也以同样题材写了一部中篇小说《前哨》，在 1932 年的《武汉文艺》杂志上连载，成为抗战时期武汉文坛的一部重要作品。她在这部作

品中，借佃农的女儿阿英之口，代觉醒的农民向土地占有者发出了强烈的质疑："我想这些田的主人应该是爹爹，不应该是金大相，因为田是爹爹种，不是金大相种的，金大相的手从来不曾碰过一碰田里的泥，他怎么可以算是田的主人呢！""耕者有其田"是当时最得人心的政治纲领，褚问鹃通过小说反映出了农民的需求。但同时，她也看到了中国农民在长时间被奴役下普遍存在的宿命论，他们对于被压迫、被剥削的现状已经麻木，不敢反抗，不敢挣扎，认为这是自己的命，一切都是"天老爷"给的。小说中的佃农倪二就是这样一个典型人物。褚问鹃在这部小说中，实践着她用文学"领导时代"的文学主张，既揭露旧制度的黑暗，又让人看到新生活的希望所在。

当年《武汉文艺》[《武汉文艺》1932年1月在武汉创刊，汉口江汉印书馆发行，创办人和主编陈瘦竹，共出刊二卷七期，1932年9月15日出版的第二卷第二期为最后一期（最后二期主编为王任叔）]计划用六期来连载这部六万字的中篇小说《前哨》[见1932年《武汉文艺》第一卷第二期"编后记"]，事实上，《武汉文艺》总共出了二卷七期，这篇小说是从第一卷第二期开始连载的，从现存资料来看，只连载了三期就没有了下文。小说写到佃农倪二的东家因为欠债累累，把田卖给了城里的开发商，一直以种田为生的倪二家，将会有怎样的命运等着他们？可想而知。从已发表的三章来看，褚问鹃的这部中篇小说，关注到了农民的土地问题，真实地反映了当时农村经济中存在的尖锐矛盾，揭示了农村经济破产和种种压迫下必然走上一条新的道路，其思想性较之前的短篇小说有了更大的提高。在艺术方面更趋成熟，叙述不急不躁，注重从生活细节出发来进行人物刻画，对于环境的描述观察细致，生动传神，情景交融。如小说一开头，从故事发生地万花山开始写起，慢慢写到万花江，再从江的北岸，写到江的南岸，作者的笔，犹如一架电影的镜头，读者随着镜头的摇移，把这一带的地理环境一一摄入眼中。镜头渐渐移到南岸的一所茅屋："……孤零零地立在尽南边的山脚下，比较起来，是更为破旧了的，屋面上的稻草，已由淡黄变成了灰黑色的了，那一层的稻草和稻草的堆叠中间，有许多青苔繁殖着，它们的颜色，有绿的，有黄的，也有黑的，正像时间的彩笔，故意用图形记录这间老屋的历史似的。四周围的墙壁，也已倾斜得厉害，那黄泥因为失去了白粉的掩护，于是不得不显出它们的蜂窝似的丑面孔来。这老屋的全部样子，正像一个缺乏营养的老人，佝偻着它的可怜的衰弱的身子，只等命运的最后一击，而变成一堆烂土。"由这老屋，引出主人公佃农倪二及他的家人。这个时候的褚问鹃，作为小说家已经具备了创作鸿篇巨制的实力，如果继续在这条道上走下去，中国现代文学史上肯定有她的一席之地。

四、《小江平游沪记》是她写的吗？

1931年，由上海新村书店出版了上、中、下三卷本长篇章回小说《小江平游沪记》，作者署名"一舸女士"。此书当年在上海滩也算畅销书，后来一版再版，一共出了三版［《小江平游沪记》上海新村书店1931年初版，1932年6月再版，1935年3月三版］。后人在编鸳鸯蝴蝶派小说目录时，将《小江平游沪记》列为首篇［见《鸳鸯蝴蝶派小说目录》（《中国文学史资料全编·现代卷·鸳鸯蝴蝶派文学资料》，芮和师、范伯群、郑学弢、徐斯年、袁沧洲编，知识产权出版社2010年3月第一版）。］。很多人都认为此小说是褚问鹃写的，原因是"一舸女士"曾是褚问鹃的笔名之一。比如陈玉堂主编的《中国近现代人物名号大辞典》，就将《小江平游沪记》归在褚松雪（即褚问鹃）名下，并由此总结其创作特色为"擅长写性感小说"；《中国现代文学总书目·小说卷》《中国现代文学辞典》（第 1 卷小说卷）都在"小江平游沪记"的词条下写"褚问鹃著"。由于这些工具书想当然的注释，难免让人误读，如《上海师范大学学报》这类比较严肃的学术杂志上，在论述近代乡愚游沪小说时，将《小江平游沪记》作者直接写作褚问鹃［见《上海师范大学学报（哲学社会科学版）》2013 年 7 月第 42 卷第 4 期］，从标注的褚问鹃出生日期看，显然是沿用了陈玉堂的说法。

褚问鹃确实用过"一舸女士"这一笔名。1926 年，北大哲学教授张竞生博士通过在报纸上做广告，征集个人自述的性经历，编辑成《性史》（第一集）［北京光华书局 1926 年 5 月出版］，一经出版，引发轰动。褚问鹃作为张竞生的妻子，为了支持丈夫的创举，以小说笔法，也写了一篇《我的性经历》，署名"一舸女士"，作为《性史》的开篇之作，之后再也没见她用过这一笔名。

从褚问鹃已有作品的写作风格和创作追求来看，个人认为这部《小江平游沪记》不是她写的，是书商借她之名炮制出来的，情形类似于当年书商抢在张竞生之前推出仿冒之作《性史》（第二集）。

首先从书名来看，是取了《性史》第二篇《初次的性交》署名"江平"，这位作者其实是张竞生当时的好友，名叫金满成，也是位留法学生，后来成为著名的小说家、翻译家。因为《性史》这部书的轰动效应，这样的书名就很有卖点，这是书商最喜欢的。试想，一个《性史》的作者，写另一个《性史》中的人物，多么具有诱惑性啊！而且，小说中还有一个关键人物"张博士"，很容易让人联想到张竞生博士，作者在他身上极尽调侃之能事，让他处处丑态百出。作为褚问鹃来说，自从

《性史》出版以后，张竞生的日子并不好过，两人的感情也出现了问题，各自选择了不同的生活道路。褚问鹃转向了妇运工作，先后在上海、武汉等地妇女界担任要职。虽然她与张竞生缘分已尽，自己也一心想跟以前的生活撇清关系，尤其是写了《性史》中的这篇文章，希望别人淡忘此事，她似乎不可能为了一己之利，借小说来诋毁他人。虽然她写过《哲学博士》，那也只是用文学的笔调写了一种怀才不遇、自负自大的人物个性，绝没有侮辱他人的意思。而《小江平游沪记》显然是有借机丑化他人的意图在其中。

其次从创作时间来看，褚问鹃在完成短篇小说集《女陪审员》后，经人介绍，带着孩子去了武昌女中教书，不多久上海光华书局即邀她回沪参加编书，并且为她在北四川路施高脱路（今山阴路）四达里24号租了一套公寓供其母子居住，北新书局主编赵景深又邀她写文学评论文章［见《十五年军幕生涯的回顾》（褚问鹃1964年自印文集《烬馀集》初版）］。为此她阅读了大量的外国文学作品并撰文介绍，像法国作家雨果的名剧《欧那尼》（Hernani）、葛斯当（今译罗斯当）的名剧《西哈诺》（Cyrano de Bergerac），还有前面提到的波兰作家普鲁斯的小说《哨兵》等作品。这些文学评论相继发表在当年较有影响的文学杂志《青年界》和《读书月刊》上，她好像没有太多时间去创作三卷本的长篇小说。她自己也说过："除了剧作和长篇不敢尝试以外，其余各种文字，我都写的。"［见褚问鹃自传《生命的印痕》（1943年耕耘出版社《女作家自传选集》）］

再次从褚问鹃的个人修养和创作倾向来看，她似乎也不太会去写这类充满着低级趣味的社会风俗小说。我们已经对她的小说创作和文学主张进行了分析，可以看出褚问鹃有她自己的艺术追求，而《小江平游沪记》写的是一个乡野青年来到上海这个花花世界所遇到的种种博人一笑的遭际，甚至还有狎妓的描写。我们从章回目录上可以看出这部小说是什么格调："拉胡琴雌狗雄狗，叫堂差男妓女妓""肌肉滑滑跌丈夫，姿势浪浪煞伯母"。一直"要替可怜的女同胞们解除痛苦"的褚问鹃，怎么可能欣赏这种社会现象？同一时期这类小说很多，如《乡愚游沪趣史》《傻儿游沪记》《温生游沪记》《冒失鬼游沪记》等，褚问鹃不可能有闲情去迎合书商写这类小说。况且具有土地革命倾向的中篇小说《前哨》也是在这一年开始创作，两者的风格如此迥异，读者自有判断吧。

1930 年 12 月 26 日《申报·自由谈》载松影《几个朋友之特癖》，其中写到褚问鹃时，有这样一段话，也可以旁证《小江平游沪记》非褚问鹃所作：

"女新文学家褚问鹃，生平在各刊物发表著作，不加女士二字于姓名之下。编者苟代添注，彼亦函请下次勿复尔尔。同彼年将三十，从未戴过耳坠。盖其自幼及今，不肯穿耳，无耳坠可戴。革命之性，与生俱来。故其作品亦屏绝描写肉感香艳等文字云。"

（原载《蠹鱼》第一卷第二期"褚问鹃诞生一百二十周年纪念专号"）

顾锡东和他的文学启蒙老师

著名戏剧家顾锡东从一个小镇上的烟纸店小业主到一位蜚声全国的优秀戏曲编剧，除了他本身的写作天赋和个人努力外，学生时代所得到的文学启蒙是其重要因素之一。他自己也承认，在小学和初中阶段，他有幸遇到了两位文学造诣都很高的老师，在他年少的心里播下了文学的种子。

一、吟诵诗人蔡韶声

顾锡东小学就读的是西塘计家弄初级小学，只有四个班级，校长蔡韶声，也是顾锡东的国文老师。

蔡韶声（1897-1988），名文铺，嘉善西塘人，诗人、南社社员。他经常邀请镇上的诗人们到学校来举办诗词雅集。每次雅集上，蔡韶声总是非常投入地高吟他的诗作，嗓音洪亮，声调铿锵，顾锡东和同学们都觉得"好听极了"，甚至觉得比曲家们唱昆曲都好听。蔡校长吟诗时摇头晃脑、陶醉其中的神态，给儿时的顾锡东留下了深刻的印象。

蔡韶声与南社诗人来往密切，尤其是与南社创始人柳亚子很是投缘。有一次，蔡韶声邀请柳亚子一行到西塘西园雅集，顾锡东还当了回

"磨墨童子"。蔡韶声校长和他的一群诗人朋友，在西园中饮酒作诗，一唱一和，让顾锡东很是羡慕，幻想着自己长大后也要当个诗人，像他们一样逍遥地生活。

蔡韶声也很欣赏顾锡东的聪明好学，即使顾锡东初小毕业到文水小学读高小，蔡韶声还会邀请顾锡东到学校来，以校友身份参加学校活动。当年在计家弄初小几乎天天要唱的校歌《绿杨荫里读书声》，也深深影响着顾锡东，即使过了半个多世纪，顾锡东依然记得儿时那熟悉的旋律和歌词。

顾锡东印象中的蔡校长是个文弱书生，但有一次也让顾锡东看到了蔡校长外柔内刚的一面。那是在西塘沦陷时期，蔡校长因不愿向站在桥头的日本兵鞠躬，当场被打得头破血流，倒在石桥台阶上。这一幕正好被顾锡东看到，他连忙过去扶他起来，送他回家。顾锡东后来又得知，由于蔡校长不愿在学校推行奴化教育而愤然弃职，甘愿到街头摆熟食摊维持生计，顾锡东对蔡校长表现出来的民族气节深感钦佩。

1985年，已成为著名戏剧家的顾锡东回到家乡，受邀参加嘉善县首届文代会开幕式。有记者采访他："你十年没回故乡，要想给故乡人说些什么？"他含着眼泪动情地说："家乡父老都是我的亲人，但我首先要祝福我的老师、老校长蔡韶声先生，祝他健康长寿！"当顾锡东了解到，晚年的蔡韶声由于没有固定工作，身体又差，家庭经济条件很困难，他立即投书西塘镇政府，要求政府妥善安置蔡韶声。顾锡东自己家里有困难从不向组织开口，但为了老师，他不遗余力。师生情谊，天地可鉴！

二、新文学诗人何植三

高小毕业后，顾锡东考进了浙江省立嘉兴初级中学（其前身为"浙江省立第二中学"），当时他的学名叫顾增德。在这里，他遇到了一位优秀的语文老师何植三。

何植三（1899-1977），浙江诸暨人，新文学诗人。早在北京大学读书期间，与人发起组织文学社团"春光社"，聘请北大教授鲁迅、郁达夫、周作人做指导老师。曾出版诗集《农家的草紫》，周作人为之作序，朱自清称其"小诗里我最爱的"。他一直从事中学语文教学，1931 年秋来到嘉兴，在浙江省立第二中学任教。

在顾锡东的记忆中，何植三先生讲课时声色并茂，总是以饱满的情绪感染着学生。有一次何先生在讲朱自清的《背影》时，联系自己上北大与老父亲分别时的情景，难过得声泪俱下，感动得有些女同学都为之掉泪。后来顾锡东以《我的父亲》为题作文，何先生非常欣赏，把它推荐到校刊上予以发表，并亲自奖给了顾锡东两本书，一本是朱自清的《背影》，另一本是俞平伯的《燕知草》。顾锡东如获至宝，反反复复看了无数遍，一颗文学的种子就这样在少年的心里扎下了根。在何先生的鼓励和帮助下，顾锡东开始学写小说。何先生不仅亲自指导顾锡东如何写好小说，还推荐他看一些世界经典小说，并把一本当时很受欢迎的德国小说《茵梦湖》送给了顾锡东。

顾锡东在嘉兴初级中学读了不到一年时间，日本侵略军的炮火渐渐逼近嘉兴，学校被迫转移，先到新塍镇，又到德清新市镇。随着局势越来越紧张，学校还要继续向西转移。由于顾锡东长得瘦小，何先生担心其瘦弱的身子经不起到处逃难的折磨，就通知了家长把顾锡东领回家去。当时，顾锡东全家也避难在新市乡下亲戚家，顾锡东的父亲来到镇上带走了顾锡东。何先生亲自送顾锡东到大石桥，又沿河走了好一段路。一路上，何先生关照顾锡东回家多看书，多练笔，不要放弃学习和写作，顾锡东连连点头。何先生已从顾锡东的作文中了解到他的父亲顾殿卿是清末秀才，又是从新市乡下来，以为就是德清人，就跟顾殿卿谈起清代经学大师俞樾和他的《春在堂文集》，以及曾亲笔修改过通俗小说《七侠五义》的逸事。何先生向顾殿卿打听春在堂在德清什么地方，又说起俞樾的曾孙俞平伯，与朱自清友谊最深，一起编刊物，两人都不写小说，而是用心于当代散文。何先生虽然是与顾殿卿在交流，其实也是有意无意说给顾锡东听的。顾锡东也自然听进去了，而且印象深刻，以至到了晚年，这些对话还记忆犹新。

让顾锡东深为抱憾的是，与何先生新市一别，"不料从此再无见面机会，至今思之怆然"。其实，两人后来同在嘉兴地区，只是不通音讯，以致失之交臂。顾锡东不知道，何植三先生离开省立嘉兴中学后，又先后去了省立衢州中学、省立绍兴中学、省立诸暨中学任教，抗战胜利后，于1946年又回到省立嘉兴中学任教，一直到1963年退休，在嘉兴度过了他的晚年生活，直至1977年在嘉兴病逝，终年78岁。

何先生也没想到，那个写出越剧《五姑娘》《山花烂漫》、电影《蚕花姑娘》的编剧顾锡东，原来就是当年那个长得很瘦小、作文成绩很好的学生顾增德。

（原载 2024 年 4 月 16 日《嘉兴日报·嘉善版》）

参考文献：

1、顾锡东：《童年母校杂忆》——《嘉善文史资料》第二辑

2、顾锡东：《阳波阁里谒良师》——《浙江文艺报》2000 年 1 月 28 日

3、顾锡东：《家住吴越山水间》序——《顾锡东文集》（五）

4、顾锡东：《看闲书》——《顾锡东文集》（五）

5、钱法成、魏峨：《晚发西塘有劲枝》——《剧本》1982 年第 5 期

6、金梅：《戏剧文学大师顾锡东》——《斑斓人间》（金梅著）哈尔滨出版社 1994 年 10 月第一版

7、杨越岷：《南社诗人蔡韶声事略》——《那人那事那个地方》（杨越岷著）团结出版社 2019 年 10 月第一版

8、潘丹：《农家的草紫，在燕园开了花》——《诸暨·先生》（潘丹编著）光明日报出版社 2016 年 10 月第一版

9、《嘉兴一中百年历程》（执笔：徐玉林）——《百年嘉中 1902-2002》嘉兴一中编

　　1940 年秋，沦陷区的北平已无法让孙道临安下心来读书，在父亲
孙文燿的建议下，孙道临暂时离开北平，来到了故乡——浙江嘉善，一
来代父亲办一些私事，二来可以借此散散心。这是孙道临第一次独自一
人来到故乡嘉善，而且一住就是一个多月。从皇城根下到江南小镇，生
活环境的巨大落差，让年轻的孙道临一时很难适应。

　　故乡虽然没有带给他多少的快乐，却给了他很多的思考时间和写作
灵感。那个时候，燕京大学的同窗好友吴兴华、宋淇（又名宋奇）等人
刚刚一起创办了《燕京文学》，以发表燕京大学同学的小说、散文为主。
孙道临虽然暂时离开了燕京，但他还是在老家嘉善积极为《燕京文学》
写稿，成为《燕京文学》主要的撰稿人。据统计，《燕京文学》从 1940
年 11 月创刊到 1941 年 11 月最后一期，共出版三卷十三期（有一期是
两期合刊），有九期上发表了孙道临的诗文，其中诗歌十首、小说五篇、
散文诗一首、译文一篇。这些诗文除了一首诗作《啄木鸟》用了当时的
本名"孙以亮"发表外，其余诗文都用笔名"孙羽"发表。

　　孙道临的诗作深得吴兴华的赞赏，他在给好友宋淇的信中说"以亮

是一个天生来的诗人"，说他"对一切想象文学天生来的适应性，是连我自己也不见得定能胜过的"。而这些"天生来"的诗作，有一部分就是孙道临在嘉善"盛墩里"那座老宅子里写就的。

孙道临在《燕京文学》上发表的五篇小说，其中《弓》《蝙蝠》《鹰之歌》《公墓》四篇，写的是在嘉善的所见所闻。孙道临在日后统计他的文学创作时，把这些小说归类为散文，说明这是他的亲身经历。但仔细分析这些文字，虽然都他用第一人称写，其实采用的是虚实相间的写作手法，是在现实生活的基础上，运用了他充满想象力的文学笔法，亦真亦假，意味深长。

《弓》——嘉善小贩写照

自从沪杭铁路开通后，嘉善到上海去很方便，上海物资丰富，物价便宜，吸引了周边的小商小贩，纷纷到上海来进货，而且都是随身携带。可想而知当年的车站和车厢是如何的拥挤不堪。孙道临当年在嘉善时也经常去上海办事或会友，他透过嘈杂和拥挤，用文学的视角找寻闪光的人性。

孙道临在这篇小说中，充分展现了他善于观察的文学家眼光。他从旁边的等车人写起："她手里捏着一把葵瓜子，不停地嗑着，嗑后就顺嘴吐着皮子。"然后写她男人骂后面的人，顺着骂声，看到被骂的后面那位"背弯着，整个上身都倾向前方，前面垂着一个补缀着蓝布大包裹……他看人的时候需要把下颚抬起来"。这些描写，就像电影镜头，把车站上等车的场景，一一展现开来。等车都等得这么拥挤，车子来了以后的场面，那就更加惊心动魄了。

第二次在车站上等车时，这位小贩坐在"我"旁边，而且主动跟

"我"搭讪。于是一来二去的对话中，我们看到了小贩的精明，也了解了小贩的不易。由于这位小贩丑陋的身材，且又背着硕大的包裹，总给人滑稽的感觉，故也常受上海车站管理员的捉弄和一些旅客的嫌弃，但小贩好像已习惯了这一切，不争辩也不退让，只要坐上火车什么都不在乎，因为这关系到全家人生活的来源。有一次他在排队买票时，被管理员扔掉了头上黑绒帽，还用藤棒戏弄他，想把他逐出队伍，但他不管不顾往前走，不时挥着手挡着藤棒。"我"以为他会买不到票了，到了嘉善站发现，他从"我"身边走过，虽然帽子不见了，脚步一颠一颠的，但步子却很快。此时的"我"对小贩的顽强肃然起敬———

"他走起路来的样子，那为生活而倔强挣扎的神态，使他十分像一把紧固的弓。"

这篇小说语言娴熟，生活场景描写细致，人物刻画形象生动，对话自然，符合人物性格，细节真实可信。而最可贵的是，还在象牙塔中的作者，却看到了民间的疾苦，生活的不易，以及世态的炎凉，表现出年轻人难得的人文关怀。

《蝙蝠》——对宗教信仰的态度

《弓》是孙道临描写的一位嘉善小贩，这个小贩是那个时候为生活奔波的小人物的代表，所以与嘉善关系并不大，而《蝙蝠》则完全是一则嘉善故事，而且寓意更为深刻。

在《蝙蝠》开头，孙道临真实地描写了自己初到嘉善的寂寞心情。为了排遣寂寞，他拿了本书走出老宅，来到离家不远的南门河边看书。当他读完一篇故事，站起来面对"青色的景物"，才发现"这河上的美。树木的影，桥所拥抱的水中倒影和零落四处的蛙的啼声，春天似乎从不知名的地方降落着，在阳光之中，城墙也变成了一种舒适的茶褐色"。不经意间，孙道临给我们留下了一幅老嘉善难得的郊外风景图！

嘉善的城墙始建于明嘉靖三十三年（1554 年），至嘉靖三十四年（1555 年）竣工，后历代有重修。孙道临在嘉善时的南门城墙已经处于废弃之中，由于战争原因，城门被人堵上了石头，城墙连年失修，有几处坍塌了。孙道临应该经常到城墙上来散心，否则他写不出如下的文字：

"我横穿过菜田，找着了一个坍毁的地方走上城墙去。在两个堞头之间我坐下来，静静地注视城墙以外的世界。最初引起我注意的，是那条围绕着城墙的宽广的河。它更明亮更富于生命的光彩……"

但他并不沉湎于此，他的"视线推向远方的田野去，那广阔的青色的世界有一种更深沉的吸引力"。而那个深沉的世界里，"流动着许多复杂得不容分析的感觉"。

孙道临此时用了很多隐喻的手法来表现小说的主题，他很懂得营造气氛，在写接下来要出场的一个重要人物时，先从一只老鹰的叫声写起，然后写眼前"一个黑色的类似幻觉的身形"正"一步一步带着逐渐巨大起来的影子向我走来"，正当他要跳起来逃下城墙时，那个黑影叫了他，原来这是他认识的金神父，嘉善天主教本堂神父，匈牙利人，中文名叫金鼎，当时还不到四十岁，也是教会学校——圣类思小学的董事长，与孙道临的家人都很熟悉，孙道临的二哥孙以宽后来在 1945 年还接受金鼎神父的邀请，担任该校校长两年。但孙道临为什么对金神父的出场写得像个恐怖片？这就涉及他的信仰问题。

孙道临的父亲孙文燿信奉天主教，他自然也要求自己的子女信教，孙道临家弟兄姐妹的小学、中学、大学读的都是教会学校。但孙道临在崇德中学读书时，在朱迈先等进步学生影响下，参加了共产党的外围组织"中华民族解放先锋队"（简称"民先"），之后随"民先"组织集体转入中国共产党。在这种情况下，他实际上已经放弃了自己家族的信仰。

小说中金神父告诉"我"，以前天主堂苦修会有个修女，只有十七岁，她死时要求金神父每年到她坟上去看看她。金神父答应了她，所以每年的今天，都要出南门到这个女孩子的坟上去看看，今年因为南门出不去，只好偷个懒，走到城墙上望望，替她做一个祷告。"我"马上想起一个堂房伯母曾说起过她死去的女儿就葬在南门朝西不远。当"我"跟金神父确认女孩也姓孙时，认为堂姊是因其虚幻的信仰而加入了苦修会，才引领她走入了坟墓。他想到"从童年起学校中的小礼堂，就给我一种窒息的感觉。于是宗教成了我面前的铜锈的盾"。孙道临把神父的黑袍想象成阴森的蝙蝠，就是表明了本人当时对宗教信仰的态度——

"决定在黑暗中寻觅我自己回家的道路。"

《鹰之歌》——小城女孩的大上海梦

如果把孙道临写的有关嘉善故事从时间上来看的话，《鹰之歌》应该是放在第一篇的。之所以这么说，是因为这篇小说的开头，就是写他刚到嘉善时因寂寞而陷入忧郁以至失眠的日子，他把这段经历称作是"永远不能忘记"的"整个生涯中的这个荫翳的片段"：

"我的面容与形状与这小城中的人们有许多异样的地方，所以为了免去不必要的盘诘和纠纷，我尽量减少到街市上去的次数。每天除到邮电局送一两封远方的信件之外，都是坐在自己的房间之内，看着书，想着各种离开事实很远的事情。于是每当我夜半醒转的时候，我不能再睡眠了，各种紊乱的梦幻式的思想占据着我，使我一直等到天亮。"

天亮以后，在各种的鸟声中，"我"居然能分辨出是哪种鸟鸣声，而苍鹰嘹亮的带有颤音的长鸣，却能带来"宁静的哀愁"而引人入胜。作者由老鹰的长鸣，自然过渡到小说的主人公身上，这位叫钱宝宝的邻居女儿对老鹰的叫声也有共鸣，于是，"我"听出了"她话里隐藏的感情"，并开始关注起她。

像很多小城里的女孩一样，钱宝宝对外面的世界充满好奇，她不满现状，却又无可奈何。她喜欢笑，与周围单调而沉闷的现实显得格格不入。她向往大上海，连头上系的缎带也想让人从上海带。她不想一辈子耽在小城里，她要到上海去做女工，并经常在人面前念叨着要去上海，然而终究没能去成。

她之所以想到上海去做女工，是因为她在县城里一蚕种场做过一个月饲蚕工作，在那里听上海来的账房先生和经理讲的。而蚕种场，当时就坐落在离孙家不远的瓶山街，据记载，为民国十五年由吴任昭（张天方第二任妻子）创办，她培育的"仙女牌"改良蚕种为江南的蚕桑业作出了贡献。

那女孩后来由父亲做主，嫁给了一个西塘人，那人是在上海店里做事，一年难得回家几次。当"我"一年后从上海回来看到她时，女孩已经为人母了，她变瘦了，以前的活泼劲没了，幻想没了，难得回娘家一趟，也要赶着晚班船回夫家去，因为"和婆婆说好的"。

孙道临对这位女孩的遭遇深表同情，他用鹰之歌隐喻小城女孩的命运："一只年轻的鹰厌倦了它的老巢和窄小的城池，飞到另一座更大的城中去。在那里它照旧唱着那盲目的欢乐的歌，然而不久它就为了争夺别人所造的新巢，被它的同族用尖利的嘴和爪撕碎了羽翼和胸膛，从高空中跌落下来……"

整篇小说紧紧围绕鹰之歌的寓意，将小城女孩向往大上海却又被现实无情粉碎的生活景象逼真地呈现出来，令人扼腕，也充分展现了孙道临不凡的文学创作才华。

《公墓》——为父亲的遭际鸣不平

小说《公墓》写清明时节他跟着姑妈去坟上扫墓，意外看到了父亲的生圹（即生前为自己建的墓）。这不是孙道临的杜撰，建生圹历来是嘉善一带的风俗，至今还有保留。

那时，孙道临的父亲在北京家里养病，孙道临很是不解，他"一向觉得在生前就为自己安排好幽闭的地方，是对自己的生命的轻视。同时，这实在是一种软弱的自我中心的表现"。所以，他看到生圹就发出了疑问："那么是什么使他们预先想到死？想到安息的地方的重要性呢？"小说通过姑妈之口，写了一个为自己建造生圹的当地士绅许贻谋的一生遭际，他毕业于上海震旦大学，考取法国留学名额，回国以后在北京市政府铁道部当了一名科长，一场大病让他过早地退了休。回乡后想做点事，却已没有了他的位置。灰心之余，他创办了这个公墓，算是给他年老的一点安慰。

熟悉孙道临的人都知道，这其实是孙道临在写他的父亲。他是在为父亲的遭际鸣不平，为这个时代埋没了的人才而哀悼。二十出头的孙道临非常懂他的父亲，他甚至预言到了父亲最后的归宿。他纠正了自己自负的想法，理解了生圹主人，"因为我仿佛看见在一个灰色的长巷的尽头，一个老者面对着另一个广大而不可知的世界，徘徊着，找不着投宿的地方"。

这篇小说与《蝙蝠》《鹰之歌》一样，孙道临在文中描述了旧嘉善的市井风貌，写到的宾旸门、罗星桥、罗星寺，如今都只是老嘉善人口中的一个地名而已，孙道临却把他对故乡嘉善的记忆通过文字永远保留了下来，如今读来，倍觉珍贵！

综观孙道临写的这几个嘉善故事，说明在故乡嘉善的那段幽居生活，无疑给他的文学创作提供了全新的视角。在他为数不多的文学作品中，这几个嘉善故事是最能体现他创作风格的重要作品。如果不是他后来热衷演剧事业，按照他当时的创作势头，在文学界也一定有他的一席之地。正如他的好友吴兴华所说，他具有"对一切想象文学天生来的适应性"。

（原载 2021 年《分湖》总第七期"孙道临诞生一百周年纪念专号"、《柳洲》2022 年第 1 期）

知道陆济民，是在一个收藏网的一则藏品信息：

著名画家、张大千弟子陆平恕信札

陆平恕（1917-1999），字正衡，浙江嘉善魏塘人，十多岁结识张大千，师之，书画大进。收藏极富，仅张大千作品一项，便被人誉为海内收藏张大千作品第一藏家。其他金石古人书画更多，为上海文史馆员。作品多次参加各类展览并出版有《正衡居士词》《陆平恕画选》《金石书画鉴定浅说》等。其父陆济民，业医，工书法，善诗文，擅唱昆曲与俞粟庐、俞振飞父子、徐凌云、赵景深同为嘉善婢雅曲社社员。

自从编辑整理出版了《昆曲在嘉兴》一书后，一直没有放弃对嘉兴昆曲史料的收集，尤其是嘉善这方面的史料。这是我第一次知道，嘉善还有这样一段昆曲轶事，还有这样一位昆曲大家。

一、与画家张大千相交于魏塘

陆济民（1895-1974），名以康，又名霁明，嘉善魏塘镇人，世代从医。祖父吴炳（1828-1884），嘉善人，原姓陆，过继同里吴善扬，遂姓吴，字云峰，号惜阳山人，清医学家，著有《证治心得》四卷、《证治集腋》十二卷，刻有《国朝五家咏史诗钞》。吴炳育有三子，长子吴仁钧（字调卿），光绪元年（1875）恩科举人，授山阴县学训导；二子吴仁培（字育生，号树人），魏塘清末名医；三子陆仁基（字寿田），即陆济民父亲，光绪十五年（1889）恩科举人，授内阁中书，会典籍誊录。

陆济民禀赋聪颖，幼承庭训，长大后随二伯学医，医道渐行。行医之余，他工书擅诗，尤擅昆曲，唱做俱精，亦能撅笛司鼓，常在家中设局，与嘉兴、上海等地曲友交往密切。嘉善城内徐家弄陆宅里，常常响起檀板笛声昆韵清音。

陆济民还是位画家，虽然目前还未见过他的画，但从嘉善名士张天方博士的一首题诗中可知，他的画应在不俗之列——

《题陆济民红薇花馆图》

按缸牙成串，写红薇成卷。红烛殷勤红友劝：劝我诗成，楚歌啤缓，减字移宫都不管，凄凉侧犯声声换。变雅何心。务头豁字凭君按。

（刊张凤《活体诗》1935 年群众图书公司出版）

1928 年，知名画家张大千与二兄张善孖因故举家离沪，迁至嘉善魏塘南门瓶山街 141 号陈士帆家，并经陈士帆引荐，结识嘉善名医师陆济民，并延请其为夫人曾正蓉治病。陆济民医道精湛，为人真诚，不仅懂画，还写得一手好字，深得张大千赏识，遂结为知交，为其画了不少画，还教陆济民十二岁的公子陆平恕学画。

1930 年，张大千三兄弟把母亲从安徽郎溪接到嘉善魏塘，在其居住的"来青堂"摆了六桌寿酒，为母亲举办七十岁生日寿宴。张氏兄弟各自从上海等地请来了黄宾虹、钱瘦铁、贺天健等画家好友。擅唱昆曲的陆济民，带着他的一班曲友和笙箫管笛，来到张府贺寿，不仅合送了份子，还奏唱了《上寿》等昆曲。

1932年1月中旬，在魏塘已耽搁了二月的张大千弟子余眠琴要回德清上柏，好客的陆济民设宴为其饯行，同席者除张大千外，还有跟随张大千在嘉善的另一位弟子吴子京、从上海赶来会面的诗人唐靖陶，以及时年十六岁的陆平恕。宴毕，众人又到梅花道人吴镇墓前合影留念。

不久，"一·二八"淞沪抗战爆发，上海周边地区很多人开始寻找避难场所，上海租界被认为是最安全的地方。陆济民决定举家迁至上海租界。

二、与曲学大师吴梅"相晤海上握手如平生欢"

移居上海的陆济民，行医之余，研习昆曲依然是他乐此不疲的生活方式。在这里，他找到了一个强大的习曲组织——上海啸社，并马上成为其普通会员，经常参加曲社的拍曲活动。啸社成立于1929年6月，由海宁籍人士居逸鸿主持。在啸社，陆济民结识了一大批资深曲友，如居逸鸿、项远村、徐凌云、金寿生（嘉兴著名笛师、拍先）等，陆济民与曲学大师吴梅的友谊也是在啸社时建立的。

吴梅（1884-1939），字瞿安，号霜厓，江苏长洲（今苏州）人。现代戏曲理论家和教育家，诗词曲作家。他精通昆曲，他不但整理了唐宋以来的不少经典传统剧目，还创作了不少昆曲剧本。因为擅长制曲、谱曲、唱曲，被北京大学校长蔡元培请去，担任北大音乐研究会昆曲组指导老师和国文系戏曲课教师，成为第一个在大学课堂上持笛教曲的老师。"一·二八"事变爆发，时在南京中央大学任教、因放寒假在苏州省亲的吴梅，决定携全家到上海去避乱。啸社闻讯，即邀吴梅担任曲社顾问，吴梅欣然接受。吴梅的加入，为啸社的发展壮大注入了强大的力量，也让到上海来避难的陆济民遇到了一生中的良师益友。

1933 年 8 月 27 日（七夕），啸社为吴梅五十寿辰举办曲会，演唱由其创作的《霜厓三剧》全剧，其中《惆怅爨·钗凤词》一折中南宋诗人陆游一角由陆济民主唱。这一天，吴梅早起第一件事，就是为陆济民公子陆平恕所作画卷题了一曲【皂罗袍】：

"一卷四时花备，一是才人妙笔。自写一灵机，要折花枝在少年时。况孔门文学兼游艺。明窗净几，晴宜雨宜。春江秋月，诗题赋题。愿君家莫负凌云气。"

1935 年 2 月 10 日（正月初七），即将结束寒假回南京中央大学任教的吴梅，临行书赠陆济民对联一副："绥胜宜春芳园载酒；碧桃吹雨翠浦凭栏。"在此联的边款上，吴梅还分别题了跋："济民先生工诗工书工度曲，相晤海上握手如平生欢。去岁祀竈（灶）日出素纸索书余书，固不工顾喜为人操翰""因集草窗词归之，明日即驱车返京矣，即希教正。乙亥人日霜厓吴梅倚装作"。字里行间透出惺惺相惜的真挚情谊。

1936 年 8 月 23 日（七夕），啸社为纪念七十同期，组织曲友来到嘉兴烟雨楼，与嘉兴怡情曲社一起，举办了一场规模较大的鸳湖曲会。曲会除啸社和嘉兴怡情曲会外，还吸引了江浙沪多个曲社，如上海庚春曲社、平声曲社、粟社、苏州谷音曲社、桐乡陶社等知名曲社，有记录的参会曲友达 90 余人，从当天上午十点开始，唱至第二天早上六点结束，历时二十小时，唱了四十二折，可谓盛况空前。正在放暑假的吴梅作为啸社顾问，与陆济民一起参加了此次盛会。陆济民在曲会上主唱了《西楼记·拆书》一折，帮人搭了《长生殿·弹词》《西厢记·佳期》《西厢记·拷红》三折。

1939 年五月期《大成曲刊》载《度曲家题名录》，录当时在世的曲家曲友共一百六十二人之详细信息，陆济民名列其中。

1942 年太平洋战争爆发后，上海租界沦陷，啸社终止活动。抗战胜利后，1946 年秋，许雨香、周露园、项远村、周瑞深于杭州成立了梅社，原啸社成员项远村为梅社教习，社员中有谭其骧、钱南扬、华粹深、潘怀素等知名人士，嘉善陆济民与嘉兴庄一拂等人每年均赴杭参与梅社曲叙，直至 1949 年 5 月梅社终止活动。

三、加入上海昆曲研习社

陆济民工巾生、冠生，擅唱《拾画叫画》《硬拷》《定情》《惊变》等。他还擅长各种乐器，家中备有鼓板、笛子、三弦等多种乐器，并常为曲友伴奏，哪里缺顶哪里。平时喜欢手抄工尺谱，一手漂亮的小楷让人爱不释手。

新中国成立后，陆济民继续在沪上拍曲，并广邀曲友到北京西路707 弄家中曲聚。当时沪上众多知名曲家和传字辈艺人都到过陆家拍过曲，浙昆的几位艺人只要到上海演出，也会被邀请到陆家来唱曲。

1956 年，浙江昆苏剧团上京演出昆剧《十五贯》，引起全国轰动，"一出戏救活一个剧种"，昆曲重新焕发了新的生命。1957 年 4 月 10 日，由赵景深、管际安、殷震贤、朱尧文等人发起成立上海昆曲研习社，社员大多来自民国时期上海的赓春社、平声社、同声社、啸社、风社等曲社，成立时人数达一百八十多位，公推赵景深任社长，管际安任副社长，陆济民与俞振飞、朱尧文、殷震贤、徐凌云等十一人为常务委员。陆济民的儿子陆平恕也成为首批社员，并且参与了五个组（研究、音乐、同期、公演、学习）的活动。这一年 12 月，上海昆曲研习社在中山公园的一次活动后拍了第一张合影，经陆济民孙子陆景行指认，陆济民在第 3 排左起第 4 人，精神矍铄。陆景行还回忆道，当年祖父交友广泛，联系方式大多先通过信函、明信片知会，然后隔几天再登门拜访。幼时放学回家先在门口信箱取信，印象中赵景深、徐凌云、管际安、居易鸿、段光尘、俞振飞等人信件多次见到，可惜这些信件都没有保存下来。

有一次，陆济民随上海昆曲研习社曲友与在上海演出的浙江昆苏剧团演员一起，去看望卧病在床的出版家张元济先生。在张元济先生家中，陆济民不仅为酷爱昆曲的张元济先生单独唱了《牧羊记·望乡》中的【江儿水】，还与周传瑛的夫人、昆曲名家张娴女士一起唱了昆曲《长生殿·小宴》中的名曲【泣颜回】。张元济先生与陆济民祖上也是世交，曾为陆济民祖父吴炳的医学著作《证治心得》题写过书名。

陆景行还记得在 20 世纪 60 年代，曾随祖父陆济民一同去参加过一次同期，地点在曲友陆佩德老西门家中，老的中式堂楼，底层大客厅，十分宽敞，厅内布置旧式清代红木桌椅配饰青白色大理石镜心，古色古香。大厅空间甚高，加之面积宽敞，一次同期到会近二十人，全无拥挤之感觉。外面天气稍热而厅内清凉如秋，伴着竹韵清音，好不惬意！

四、为青年曲友顾铁华拍曲三年

现居香港的顾铁华博士，如今已是享誉海内外的京昆名票，工小生，是俞振飞第一位海外入室弟子，几乎跟国内所有优秀的昆曲表演艺术家合作过。20 世纪 50 年代末，他在上海等香港签证时，经常参加上海昆曲研习社的活动。在这之前，他已拜他的"义父"、有着"南京梅兰芳"之美誉的汪剑耘先生为师学习京剧表演。汪剑耘的岳父甘贡三老先生是曲界前辈，昆曲造诣颇深，他每年寒暑假到上海女儿甘纹轩家里住几个月，顾铁华就抓住时机跟着甘老先生学曲。甘老先生回南京后，他就到上海昆曲研习社去拍曲。在那里，他结识了古道热肠的曲友孙天申大姐。

孙天申（1930-2016），度曲家，曾随俞振飞、华传浩等人学曲，工正旦和五旦，因嗓音清亮，被曲友誉为"金嗓子"。她见顾铁华身上功夫好，自身条件不错，又聪明好学，如果在曲唱上有所提高，艺术前途不可限量，建议顾铁华去跟陆济民老先生拍曲，她认为陆济民曲唱规范，尤擅冠生和巾生，很适合顾铁华的戏路。当孙天申跟陆济民讲了这事后，陆济民欣然同意为顾铁华拍曲，并根据顾铁华的嗓音条件，重点为他拍冠生的曲子，如《长生殿》唐明皇的唱。于是，一个星期两到三个下午，在陕西北路南京路口平安大戏院楼上陆济民寓所内，一老一少对着工尺谱咿咿呀呀拍曲，一拍就是三年。

1962年，顾铁华的香港签证获得了批准，可以回到少年生活过的香港了。三年的拍曲生活，让顾铁华与陆济民一家结下了深厚的友谊。临走时，他主动提出与陆济民夫妇一起照了张合影，表示要一直带在身边留作纪念。离别在即，依依不舍。陆济民老先生用红黑两色毛笔，工工整整地誊写了一本工尺谱小折子送给顾铁华，上面是这三年中拍过的《长生殿》中《定情》与《惊变》二折。落款处写："铁华老弟清赏，霁明古稀手痕。"为帮助顾铁华理解剧情和创作背景，也为了纪念好友吴梅先生，陆济民不仅写了剧情，最后还抄录了一段《霜厓曲跋》中的《长生殿作曲考》，让顾铁华如获至宝，一直将它带在身边，从香港到海外留学、创业，再带回香港。

当得知陆济民家乡要成立曲社的消息，他欣然表示要将这本折子赠送给陆济民家乡的曲社，让它回归故里。2023年3月26日，在香港铜锣湾锦园"昆情袅袅"雅集上，由昆曲表演艺术家邢金沙老师主持，顾铁华先生将这本珍藏了六十多年的工尺谱折子，郑重地交到嘉善昆曲研习社社长蒋国强手中。他深情地说："我跟陆济民先生学了三年，感情很好……这个情谊我一定要还！"

五、在魏塘徐家弄的最后日子

20 世纪 60 年代中期，昆曲活动在上海渐渐消失。本来上海、嘉善两地跑的陆济民，因为上海没有了昆曲的活动环境，他也就与夫人常住嘉善了。

陆济民的祖宅在嘉善魏塘镇徐家弄内，原本有好几进，后来大部分充公用作安置残疾军人，陆济民一家被挤到了二楼的后面一间。隔壁邻居只知道这位老先生叫陆达兴，平时一个人总喜欢拿着个本子摇头晃脑、喃喃自语。邻居曾问他看的什么，他说随便看看，怕忘记。邻居还看到他家里有很多卷着的画。很多老先生到陆家来看他，都要在很陡的楼梯上用双手双脚颤悠悠地爬上，回去时又双手双脚并用倒退着爬下。

陆济民夫人去世后，陆济民与单身的女儿相依为命，过着平淡的日子。

这样的日子很快被打破。有一天，家里来了一帮人，说是抄家，抄走了很多值钱的东西。陆济民眼睁睁看着心爱的宝贝被抄走，痛心不已，又无能为力。女儿受不了这样的惊吓，第二天就在门口的小河里投河自尽。

从此，陆济民只能一个人生活，由于生活自理能力较差，就由他的亲戚来照顾他，帮他买菜送饭。平时用的开水，则有隔壁孙家帮他冲好，一天两壶，陆济民则给他们煤球票作为补贴。

因为家中有田，划成分时，陆济民被划为地主。后来，陆济民作为街道里的管制对象，经常被拉出来批斗。因他腿有残疾，走不快，几乎被人拖到盛墩里门前的小广场上，脚上都磨出了血。有一段时间陆济民的日子很不好过，他没了经济来源，为了求助在平湖的大儿子，又怕儿子受牵连，自己写了信，央求隔壁孙阿姨以她的名义帮他在信封上落款并寄出。

就是在这样艰难的日子里，陆济民也没有放弃对昆曲的热爱。陆济民平时喜欢喝点糟烧，就着几粒花生米，边喝酒边看工尺谱，嘴里不住地念念有词。有一天，他跟邻居孙阿姨说："我不是地主，我以前是唱昆曲的。"

1974年，陆济民在家中溘然长逝，享年八十岁。亲戚通知了在上海的儿子陆平恕，但那时陆平恕也在隔离审查中，就由媳妇和孙子到嘉善来料理了后事。

一代曲家就这样悄无声息地离开了这个世界。

但陆济民没有被遗忘，他活在曲学大师吴梅先生的文字里，他活在著名曲家顾铁华先生的记忆中，他活在昆曲的世界里。

参考文献：

吴梅：《吴梅全集》（河北教育出版社 2002 年 7 月第 1 版）

张树声：《我的父亲张元济》（东方出版中心 1997 年 4 月第 1 版）

居益鉉：《鸳湖记曲录》（1936 年铅印本）

《孙凤翎日记》（金身强收藏）

胡颉：《陆济民传》（未刊稿）

浦海涅：《上海昆曲研习社早期史料散记》（未刊稿）

（原载《嘉善记忆》2024 年第一期）

　　嘉兴人喜欢昆曲的风气由来已久，清末吴受福的《古禾杂识》谈道："禾中……昆曲嗜者甚多，入夏即招同志，开局演唱。少年子弟艳之，皆醵资入局肄习，每逢荷花生日、乞巧日，两度放舟烟雨楼，彼此竹肉竞奏，彩船箫鼓，游屐如云。一昼夜必唱数十出，蝉联不断。"在这种环境的熏陶下，依字行腔的古老昆曲，对于当时痴迷于填词作诗的少年吴藕汀来说，无疑是有很大吸引力的。嘉兴又是个戏码头，各剧种戏班都竞相到嘉兴会演，昆班也不例外。吴藕汀晚年在《戏文内外》中提到了自己爱上昆曲的缘由："我十岁左右，犹见'全福班'演出数回……我看昆剧'全福班'时年龄尚小，认识不大。自从看了'传'字辈，兴趣一时比看京剧还大，追踪观看他们所演的戏，戏看了十之八九，也引起了我习唱昆曲之兴。""全福班"、"传"字辈的"仙霓社"，都是当时江南顶尖的昆班。

　　这个时期的嘉兴，有很多自发组织的曲社，其中名声最大、存续时间最长的，要数清宣统元年（1909）由兰台药局业主徐怡声主办"怡情曲社"。据吴藕汀回忆："'怡情曲社'不比其他'曲局'经时不久即行解散，而是延续了三十年之久。故而参加的曲友逐渐增多，规模也日益完善。而且经常开拍，很少间断，一变从前'曲局'的惯例。而且和以前专唱'清曲'、几段主曲不同，改唱全出能白能唱。"怡情曲社最为辉煌的一刻，是1936年跟上海"啸社"共同在南湖烟雨楼上举办的七夕同期曲会。这天来自苏州、上海、杭州、湖州及嘉兴本地区的曲友八十余人，来宾中不乏在曲界声名显赫的曲家，如吴梅、徐凌云、曹仲陶、褚民谊、沈衡一、潘祥生、朱尧文、管际安等。曲会从上午十时至第二天早晨六时，一天一夜，唱了四十二折，盛况空前。时年二十三岁的吴藕汀，虽然没有出现在参会名单中，但这样规模的曲坛盛会，这样资深的曲唱者汇聚南湖之畔，他一定不会错过观摩学习的机会，就如这一年他特意赶到上海陈氏花近楼，看了"票"界之王"红豆馆主"溥侗的两出戏，一出是"红豆馆主"与梅兰芳合演的昆曲《奇双会》，一出是由昆曲《衣珠记》改编的京剧《荷珠配》，令他终生难忘。

事实上，他也是怡情曲社的一员，到了20世纪40年代后期，他还一度担任了怡情曲社的主要负责人，组织举办了多次同期。所谓同期，即按照折子戏剧本分饰角色，除了一字不拉地唱、念外，还加入了鼓、板、笛子、三弦、锣、笙等乐器，如果你闭着眼睛听，就是一折完整的戏，很是考验曲友的曲唱功夫和奏乐水平。吴藕汀在同期中会唱很多曲目，擅唱旦角，老旦、闺门旦、作旦、刺杀旦，均能胜任。他不仅会唱，还能粉演，常演的剧目有《铁冠图·借饷·守门·杀监·刺虎》《红梨记·花婆》《荆钗记·男祭》《白罗衫·井遇》《窦娥冤·斩娥》《烂柯山·泼水》《白兔记·出猎》《琵琶记·南浦》《跃鲤记·芦林》《水浒记·活捉》《牡丹亭·游园·惊梦》等。

吴藕汀对自己的度曲过程提及不多，但我们可以从他的好友沈侗廔的诗文中，能感受到他们对昆曲的痴迷。在《侗廔先生六十自述诗稿》中"二十三 挚友吴君药窗"一诗中这样描写喜爱昆曲的吴藕汀："声清曲苑低迴唱"。又在一首诗后特意注明："陷时（指沦陷时期）无以遣闷，日习昆曲以消永发昼。"彼时吴藕汀与沈侗廔同住殿基湾，常在一起切磋诗书画曲，咿咿呀呀的昆曲应该是他们暗淡青春时光里的一抹清亮月色。

1946 年元宵节，因战乱解散的怡情曲社在塔弄陋室复社，吴藕汀成为曲社骨干，参与主持曲社日常事务。在之后的三年时间里，怡情曲社共举办同期二十四届，尤其是复社后的这一年，从 3 月起的十个月时间里共举办了十一期同期，而每一期的活动他都做了记录，时间，地点，及他所唱曲目。这个时期，吴藕汀与怡情曲社副社长王怡然交往颇多。王怡然是吴江黎里人，喜欢昆曲，擅唱老生，为人谦虚，人缘极好。两人都对昆曲深有研究，经常一起切磋，兴致颇高，曾合作过《烂柯山·泼水》《长生殿·弹词》等剧目。吴藕汀对王怡然评价颇高，称他是"良师益友"，认为他提升了嘉兴曲界的实力，嘉兴曲界步入正规曲局，他功不可没。

1951 年，由时任嘉兴市图书馆馆长汪大铁提议，庄一拂牵头，图书馆成立了嘉兴昆曲研究小组，众人推举吴藕汀为组长。5 月 7 日，嘉兴昆曲研究小组在嘉兴市图书馆所在地"明伦堂"进行了首次公开演出，吴藕汀和曲友沈镇屏表演了昆曲《牡丹亭·游园》。这是吴藕汀在嘉兴最后一次公开的昆曲演出。两个月后，他就去了湖州南浔嘉业堂整理古籍了。

南浔也是个戏码头，看戏依然是吴藕汀日常生活的一部分。20 世纪 50 年代，浙江国风昆苏剧团在南浔演出，吴藕汀对艺人朱世藕情有独钟，之前他在嘉兴寄园、杭州游乐场都看过朱世藕的戏，朱世藕既演旦角，又演小生，甚至老生戏也演。非常懂戏的吴藕汀认为朱世藕演得"都很到家"，认为"她的演戏，很是广泛""很有演戏天才"。他对朱世藕后来早早离开舞台表示遗憾。

吴藕汀的昆曲得到嘉兴著名曲师许鸿宾先生的不少指点，许先生也经常为他撮笛拍曲。1959年冬天，在杭州出差的吴藕汀，知道许先生被省戏曲学校请去为首届昆曲班的学生拍曲，特地赶到学校所在地黄龙洞去看他。看到已是七十六岁高龄的许先生还在抄录昆曲工尺谱，甚为钦佩。1965年春天，吴藕汀最后一次到许先生家里去拜访，许先生对吴藕汀也很赏识，拿出当时很不容易得到的酒和鱼肉，以及粉拌米糕等当令食品招待吴藕汀，还为吴藕汀撮笛，两人合作了一段《牡丹亭·游园》，意在为吴藕汀送行。没想到这是吴藕汀最后一次见许先生，没几个月，许先生就告别了人世。1973年，吴藕汀在嘉兴访友，经过许先生在贤娼弄的旧居，感慨万千，写下一首《减字木兰花》，表达对曲师的怀念：

"江南一笛，曲按霓裳家世袭。久住贤娼，苏小坟头已夕阳。师承眼拍，七十余年犹教益。哲嗣同窗，重睹门庭殊感伤。"

寓居南浔的吴藕汀再无人为他撮笛，"孤馆荒寂无聊"的日子里，唯有嘉业堂的古籍相伴。不久，小镇上的名流慕名前来拜访，一时诗词唱酬，互赠书画，尽显风流。评弹艺人王楚人得知吴藕汀会唱昆曲，又能撮笛，通过关系，要跟吴藕汀学唱《牡丹亭·游园》。酒至半酣，吴藕汀将曲词向王楚人口述一遍，继而自己唱一句，让王楚人跟唱一句，随时纠正。最后，吴藕汀上笛，让王楚人独唱。"原来姹紫嫣红开遍，似这般都付与断井颓垣，良辰美景奈何天，赏心乐事谁家院。"评弹艺人的领悟力和得天独厚的嗓音条件，合着吴藕汀悠扬的笛声，清丽婉转的昆音，萦绕在清冷孤寂的小镇上，引来了四方街邻竞相围观。这一幕场景，多年以后还让邻居们回味不已。

之后的吴藕汀，用一张张随手拾得的小纸片，写下了几百万字的忆旧笔记，关于猫债、画孽、故乡、师友，而他所钟爱的昆曲，在样板戏当道的艺术世界里已渐行渐远。

晚年回到故乡嘉兴的吴藕汀，带着他的一部观剧书稿，一边通过《中国京剧》杂志的广告函购音配像碟片，一边观看央视戏曲频道。看着影像质量差强人意的录像资料，又陆续写下了上百篇观剧随笔，这就是我们今天看到了四十万字见解独到的《戏文内外》，其中，他谈到了很多与昆曲有关的话题。

他把所有对于昆曲的记忆和情感，全部融进了上万字的《昆曲在嘉兴》。此文宛如一部史料丰富的嘉兴昆曲志，把嘉兴昆曲的前世今生做了详尽的描述。他晚年虽然很少跟人提及昆曲，但透过文字，你能感受到他对昆曲的热爱，对嘉兴昆曲曾经的辉煌的由衷的自豪。我想在他写这些文字时，眼前一定浮现出那些与曲友们按板撅笛的闲适时光。

（原载 2023 年《分湖》总第十三期、《天籁阁》2024 年第二期）

社长最后一程：蝶恋花：送老

噩耗传来的时候，起初怎么也不相信！三周前曲社最后一次活动，老社长朱培林先生还跟大家一起唱了曲，他说过了元旦要去开刀，腰椎折磨了他好多年了。一周前，他发来了一篇《我的行医生涯》，今年正好是他从医六十周年，我们曲友都建议他写一点回忆录，这是他的"开篇"。我建议他："继续。"他说："以后写业余生活。"我回复他："期待！"谁知才不到十天，等来的却是他的噩耗！

平时我们叫他朱医师，因为他原来是医院的副院长，主任医生，曾获"浙江省政府科技进步优秀奖""浙江省风湿类病杰出贡献奖"等殊荣。工作之余，他爱好广泛，喜欢侍弄花花草草，喜欢古诗词，尤其喜欢昆曲。

2009 年，他通过中学同学许紫兰，找到她的妹妹许紫钰，要求学唱昆曲。许紫钰老师毕业于浙江省艺校首届昆曲班，是浙昆"盛"字辈艺人。许老师的祖父许鸿宾先生是嘉兴著名曲师，享有江南"四大笛王"之美誉。已经离开昆曲舞台多年的许紫钰老师，见朱医师这么好学，深受感动。她请来了同住一个小区也是昆曲班主攻昆笛的同学王国勇老师，一起给朱医师拍曲。见这么两位专业老师教自己一个人，朱医师觉得资源太浪费了，他又去动员几位有相同兴趣爱好的朋友，跟着两位老师一起学昆曲。昆曲活动的消息在媒体上报道后，又吸引了一批爱好者加入。我就是在这个时候接触昆曲的。

昆曲在嘉兴绝迹了几十年后重新恢复活动，看到这样的情景，朱医师在朋友史念先生的提议下，于2010年4月，正式成立了嘉兴玉茗曲社，朱培林医师成为首任社长。为何起名"玉茗"，朱医师在接受记者采访时说过：四百年前汤显祖创作"临川四梦"的书斋名叫"玉茗堂"，而曲社成立之初学的曲子，都是汤显祖的《牡丹亭》。

因为曲社是个自发组织的民间社团，没有经费来源，朱医师又不想增加大家的负担，所以很多时候都是他在贴钱办事。外出学习交流，他个人出钱叫车；有外地学生来曲社交流，他主动承担他们的餐费和来回路费，甚至资助他们去外地参加曲会交流。

朱医师清秀的形象、儒雅的气质，与典雅的昆曲颇为投缘。但朱医师的嗓音条件并不好，为此，他找人练声，并坚持练嗓。他知道学好昆曲，必须掌握工尺谱。他对工尺谱的钻研，不亚于他对医学的钻研。2011年3月，他得知嘉善西塘有位昆曲奏班艺人潘海明还健在，就让我带他去西塘拜访老艺人，求教工尺谱问题；他多次个人出钱请苏州昆曲传承人毛伟志老师来给大家传授用工尺谱拍曲；平时拍曲，他坚持看工尺谱，前不久还托我帮他订了一套《纳书楹曲谱全编》（七册）和一套《六也曲谱》（四册）。

2014年，曲社成立满五年，他提出要按曲社章程规定换届改选，自己岁数大了，不再担任社长，让年轻一辈来主持曲社工作。为此，他分别与原社委班子成员和新一届候选人交换意见，为新老班子顺利交接做了不少前期工作。我就是在这种毫无思想准备的情形下当上了社长，压力可想而知。他看出了我的顾虑，一再鼓励我，考虑到我平时不住嘉兴，还关照其他几位社委多帮我做点日常事务。

尽管他不当社长了，但曲社的事他一直放在心上，特别是曲社的活动场地，他一直想找一处冬天不再寒气逼人、夏天不再酷热难当的好去处，让曲友们能安心唱曲。尽管不尽如人意，但他还是为曲友们积极争取。

那天，在他为曲友们争取到的活动室里，唱了他平生最后一曲《牡丹亭．寻梦》【三月海棠】：

"怎赚骗，依稀想象人儿见。那来时荏苒，去也迁延。非远，那雨迹云踪才一转，敢依花傍柳还重现。昨日今朝，眼下心前，阳台一座登时变。"

真正的绝唱！

十年前，朱医师的好朋友史念先生去世，朱医师有感于史老对曲社的帮助，带领曲友们到灵堂上，为史老唱了一曲《牡丹亭·标目》【蝶恋花】，送史老最后一程。如今，玉茗曲社创始人朱培林先生的往生路上，又怎能没有昆曲作伴？疫情期间，虽然无法再现当年场景，但让【蝶恋花】送老社长最后一程，还是可以做到的。

"忙处抛人闲处住。百计思量，没个为欢处。白日消磨肠断句，世间只有情难诉。玉茗堂前朝复暮，红烛迎人，俊得江山助。但是相思莫相负，牡丹亭上三生路。"

下午，在微信上看到山东阿滢兄发了一条消息《作家、书法家郭涌大哥病逝》，不觉悲从中来！前年冬天，我和春锦、子仪、音莹四友赴德清之时，经阿滢兄引荐，拜访了他的堂兄、德清著名文化人郭涌先生。那天的情景还历历在目，而郭老却驾鹤西去，不免哀哉！

记得那天我们还在路上，就接到了郭涌先生儿子的电话，说老人一直在等，问我们什么时候到，我告诉了他大概的时间。10点半，按照阿滢兄提供的地址，我们敲开了郭先生家的门，他的两个儿子都在。郭老虽然已八十多高龄，但身板硬朗，握手时明显感到手劲很足。我正欲询问他儿子郭老的听力有没有问题时，郭老已经把一个信封交到我手里，我一看，上面写着"顾锡东资料"，大喜！ 这样也就免去了我们之间因郭老听力造成的交流不畅。郭老拿出一本书，是他的个人文集《郭涌剧作诗文选》，翻开一首诗给我看，是 1977 年写的《赠顾锡东》，又问我："何焕认识吗？"我说认识，何焕先生当年是嘉善县文化馆馆长，后任县文化局副局长。郭老又翻出一首诗《赠何焕》，是 1993 年应何焕要求写的。我急忙拿手机去拍下这两首诗，郭老说书送我的，另外还送了我一本《郭涌剧作诗文选》(续集) 和《德清民间故事歌谣谚语集》(郭涌主编)，让我喜出望外！

我们被他家客厅墙上的照片和书法所吸引。一幅顾锡东的题词最引人注目，上面是顾锡东用隶书写着一首诗："秋山当合影 豪放举杯时 佐酒东坡肉 醉书子昂碑 郭涌老兄哂正 辛巳年 顾锡东"。还有一幅字也很吸引人，就是原公安部部长王芳题写的"莫干剑"三个大字，这是专为郭涌先生编剧的同名电视剧题写的片名。而作为原德清县书法家协会主席的郭先生的字，更是随处可见，有行书、草书，也有籀文。他也因此收获了无数的奖项，很多当地部门和单位都求他题字。

我们还看到他用毛笔写的好几页的个人简介，公公正正地挂在墙上。上面写道："郭涌，男，汉族，一九三一年二月生，中共党员，山东省新泰市羊流镇人。一九四三年在家乡抗日小学任教师，负责抗日宣传及扫盲工作……"这样算来，郭老十二岁就开始参加革命了。从他挂在墙上的照片来看，年轻时的他气宇轩昂，绝对是个大帅哥！

我们又参观了他的书房，整齐划一的玻璃书柜中，大多是大部头的整套书，我看见有一套中华书局出版的《六十种曲》精装本十二册，整整齐齐放在一起。敞开式的书架上放着一些零散的书，有一些是古籍，为查阅方便，书名用毛笔字写在纸上夹在上面。窗口，是郭老的写字台，上面放着纸砚笔墨，想象着郭老几十年趴在这张桌子上，书法、剧作、诗歌、小说、散文……书桌见证了他的勤奋和睿智。

走出书房，郭老又赠送我们每人一本他的大作《郭涌剧作选》。我们请他签名，他的字俊朗，挺拔，一如他的外形。他另外又单独赠送了我《德清民间故事集》和《德清文化史料》，都是他主编的。

他说中午要请我们去附近饭店吃饭，他儿子也帮他说，我们说什么也不能再叨扰他了，就匆匆跟他告别了。

　　回来后，我曾想给他去封信，谈谈他送的几部大作，谈谈顾锡东，表示一下对他的敬意和谢意，却因杂事颇多，没能完成，一如我的许多个写作计划一样。今天我想再找出这封信看看，却只是开了头。那就让我写这篇追忆文字，替代没有写完的信，寄给西去路上的郭老，愿郭老一路走好！

第二辑

枕上诗书闲处好

去书房赴一场
爱书人的盛宴
——读《我在书房等你》

　　大凡爱书之人，都喜好逛书店，访书房。书店随时可进，书房却不是想进就能进的，除非书房主人是你的挚友，更何况书友间大多是神交，很少有机会见识彼此的书房。于是，对别人的书房，尤其是一些藏书家、读书界大佬们的书房，总是充满了好奇。现在一本《我在书房等你》，满足了大家的这种好奇心，看这样的书，仿佛就是去友人的书房，共赴一场爱书人的盛宴。此书在今年张掖举办的第十四届全国民间读书年会上首发，深受书友们喜爱！

　　拥有一间书房，是每一个爱书人所追求的，但大多数人都不是轻易实现这一梦想的，名家们也不例外。陈子善教授回顾了自己从 20 世纪70 年代末走上讲坛，到他写作《我的书房》一文前一年，三十年多年时间里"一直没有一间独立的、像样的书房"，越来越多的藏书长期一分为三安放。了解陈教授的人都知道，这三十多年中，他在中国现代文学研究方面可谓硕果累累，尤其是对于张爱玲的研究，无人可及。在没有一间独立书房的环境下，要开展学术研究，个中滋味可想而知。"天津市十大藏书家"罗文华先生曾经蜗居陋室，"不要说没有一间自己的书房，屋里就连一张专用的书桌都摆不下"，后来虽然买了房，但由于书多，房子还是小了，"屋里成了书库""狭小而凌乱"的环境，让他不敢邀请书友到家做客。苏州才子王稼句先生也是先有一间兼供起卧的小书房，有了新居后做了两个大书橱，书越聚越多，只好搬到岳家去住，很快又被书占据了不小的空间。可贵的是，这些名家并不是为藏书而聚书，他们都在书中汲取营养，继而再分享给大家。罗文华先生说："要写，必须先读……我还在不断地积累、充实，今后写作的题材会是无穷无尽的。"这是很让人期待的。"书房的成长，也就是读书人的成长。"稼句先生的这句话很好地诠释了书房与读书人的亲密关系。

因为爱书，自己这几年也认识了一些读书人，所以看他们写自己的书房，会有一种身临其境的感受，仿佛他就坐在书房等我，引我参观他的藏书，进而走入他的内心世界。

阿滢兄的"秋缘斋"早已声名遐迩，甚至在书友间流传着"去秋缘斋是去山东旅游的必到景点"的传说，可见主人的好客和藏书的丰盛。然而阿滢兄也道出了自己的苦衷，自嘲秋缘斋是"杂乱无章"的，而随着藏书的增多，拥有更大的房子是他的理想。阿滢兄其实道出了每个爱书人的无奈和心声，而这背后更多的是淘书的乐趣和与"三五好友品茗聊书"的那份快乐。王志兄至今未见过面，但我们似乎早已认识，以前博客时代，他总是我每篇博客发布后第一时间来问候的书友，他的博客上也记载着他每日的读书量，我可以想象他的书房规模。他的《书房梦成记》回顾了他的藏书经历和书房的变迁，让我对他有了更立体的认识，期待见面的一天。这次有幸与子仪、青鹿、周音莹、许新宇、李剑明几位浙江书友结伴同行，共赴张掖参加全国民间读书年会，欣喜他们都在书中将各自的书房为我次第打开，精彩纷呈！

周立民老师的《亟待整理——也说我的书房》，是我个人最为欣赏的一篇。周老师骨子里的幽默感，经常能在他发的微信朋友圈中流露出来，常常让我会心一笑。在描述他的书房时，同样不失风趣，看他的文字，阅读的愉悦始终伴随着我，让我忍俊不禁！他把藏书的增加比作人口的增长，而一旦沾了人气，这些书籍便活了起来，像一群小天使，在书房中与主人嬉戏。生动传神的文字，赋予了藏书以新的生命，让人不得不叹服：在这样充满灵性的书房里，读书是一件多么快乐的事啊！

（原载 2022 年 5 月 3 日《嘉兴日报》）

关于《雁子》
诗与曲

分湖书社在筹划纪念陈梦家诞生一百一十周年读书会，子仪提议："到时禾塘吹一曲陈梦家的歌曲？有一个谱的。"本人吹笛纯属业余水平，充其量在昆曲社里帮人伴伴笛，从未在大庭广众下献过丑。但因为是陈梦家的歌曲，我有点好奇，让子仪发来曲谱看看。

曲谱印在一本民国杂志上，曲名《雁子》，陈梦家诗，陈歌辛曲。歌词是这样的：

"我爱秋天的雁子，终夜不知疲倦，像是嘱咐，像是答应，一边叫，一边飞远。从来不问他的歌，留在哪片云上，只管唱过，只管飞扬，黑的天，轻的翅膀。我情愿是只雁子，一切都使忘记：当我提起，当我想到，不是恨，不是欢喜——"

这首诗是哪一年写的，目前存有两个版本，而且都是陈梦家本人提供的。一个是此诗首发于民国二十年一月《诗刊》创刊号上，诗后注明："十一月十四夜南京。"另一个也是同一年出版的《梦家诗集》中收录了这首诗，诗后注明："十九年十月南京。"两个时间相差一个月，但无疑是1930年写的，陈梦家时年十九岁，一位有着忧郁气质的青年，又刚刚谈了一场没有结果的恋爱。这个年龄段在这样的境遇下写的诗，你不能苛求他有怎样高深的思想境界，唯有真情流露才是诗人想要呈现的。

陈梦家作为新月派的年轻诗人，诗歌数量并不多，这首诗可以算是他的代表作，也可看作他对于诗歌的一个态度。他在当年再版的《梦家诗集》自序中就表达了他对诗歌的自我觉醒："我总是一片不愉快的阴天的云，永远望不见一条太阳光的美丽……我要开始从事于在沉默里仔细观看这世界，不再无益的表现我的穷乏。"新月派诗人对艺术所抱定的"为艺术而艺术"宗旨，也深深影响着陈梦家。他在为新月派诗人编的合集《新月诗选》的序中，亮明了诗歌的旗帜："我们写诗，只为我们喜爱写。好比是一只雁子在黑夜的天空里飞，她飞，低低地唱，曾不记得白云上留下什么记号？只是那些歌，是她自己喜爱的！她的生命，她的欢喜！"有了这些阐述，我们就不难理解陈梦家的《雁子》想要表达什么了。

自古以来，诗与歌是紧密相连的，韵律是诗的灵魂，现代诗也不例外。陈梦家的这首《雁子》极具音律节奏，诗句犹如大雁的翅膀，在蓝天白云间起起伏伏，鸣叫欢唱。也难怪音乐家一看到这首诗，就想为它谱成曲。从目前掌握的资料看，20世纪30年代，就有两位音乐家为这首诗谱了曲。

一位叫陈田鹤，1936年将此作品谱曲并发表于《音乐教育》第四卷第五期上。他采用同一曲调的连续变体循环演唱，跳跃的伴奏织体和浓郁的"小资"曲风，使整首作品带有俏皮和欢喜的味道。

另一位就是陈歌辛，很多人会介绍他是小提琴协奏曲《梁祝》作曲之一陈钢的父亲。其实在民国时期，陈歌辛的名声如雷贯耳，他创作的《玫瑰玫瑰我爱你》《凤凰于飞》《夜上海》《蔷薇蔷薇处处开》等一大批脍炙人口的名曲，传唱一时，很多歌星都因唱他的歌而走红，如周璇、姚莉、白光、李香兰等，他的歌至今还被众多歌星翻唱。《雁子》这首歌，是陈歌辛抗战前写的，距离陈梦家发表这首诗的时间不长。但直到1938年，在一所中学教书的陈歌辛，从一所学校上完夜课出来，走在深秋微冷的大街上，陈梦家的《雁子》诗句浮现在脑海，他喜欢雁子的"终夜不知疲倦""只管唱过，只管飞扬"，与他此时此刻的心境极为吻合，曾经为这首诗所谱的旋律，自然而然流淌出来。他将歌曲整理后，发表在当年的《音乐世界》杂志上，并且对这首歌曲的演唱和伴奏处理做了专门的说明。

这首曲子的节奏很平易，最难处理的是其中的三连音，而且要把三个音符分配在两拍中，这在一般曲子中是很少见的，而这种三连音的处理在曲子中出现了好几处。还有就是两处的降 b 音，他要求"必须唱得极准"。他强调整首歌不要大声唱，最好用"半声"唱，歌声最后是渐渐地消失了。

按照陈歌辛对歌曲的处理，我试着用笛子吹了起来，虽然吹起来很生疏，但平实的旋律出来，就仿佛是一群雁子在天空中，随着旋律缓缓飞扬着，鸣叫着，带着回忆，带着希望，不管不顾，越飞越高，直到在天边消失……

（原载 2021 年《分湖》总六期"陈梦家先生诞生一百一十周年纪念特刊"、《点滴》2022 年第 5 期）

　　原嘉兴市副市长范巴陵女士（笔名"巴陵"）最早是以文学青年出名的，上海市三女中的学历背景和自身的经历，为她的中篇小说《献给兰妹》提供了第一手素材，这篇小说也成为那个时代在知青中竞相争抄的"手抄本"，1981年《江南》创刊号以《常青池畔》为名予以发表，影响一时。1983年嘉兴撤地建市，范巴陵经考察后破格从一名企业副厂长，一跃成为嘉兴市副市长，分管文教卫工作。面对完全陌生的政府工作，又逢百废待兴的转型时期，一位女书生的仕途生涯，自然让其感慨万千！好在她勤于学习，勤政为民，赢得了上下级的尊重，在副市长的岗位上连任了十五年，为嘉兴的地方建设作出了贡献。离任后，她悄无声息地捧出了一本部长篇小说《女市长》，由浙江人民出版社于2002年出版发行。此书的出版，在嘉兴各阶层的反响，犹如一块巨石砸入河中，让原本平静的河面激起阵阵涟漪。女市长写女市长，自然让人浮想联翩，议论纷纷。

　　每一个了解一点嘉兴建市初期历史的或认识作者本人的人，在看这本《女市长》时，难免要去对号入座。主人公于汝冰就读于曾经是培养"最后的贵族"的上海市三女中，中学六年品学兼优，但毕业时填写的第一志愿却是农业大学，后又阴错阳差地分配到外地小镇上一家酒精厂里当了名技术员，由于搞技术革新创造了效益，又被提拔为副厂长。多年后，她毫无思想准备地踏上了从政路，成为海昌市分管文教卫的副市长。女主人公所有这一切传奇般的成长背景，与作者的个人经历不谋而合。

一介女书生，不谙官场之运作，不懂权力之妙用，经常不按理出牌。这就是于汝冰在刚上任时的表现，也是作者初涉政坛的亲身经历。面对刚刚接任的这副摊子，千头万绪从何抓起？此时，《人民日报》上一篇批评海昌市教育现状的文章《昔日文化之邦，今日文盲充斥》，促使于汝冰决定从教育抓起。通过走访，她惊讶地发现，全市的教育现状，尤其是农村中小学的教育现状堪忧，学校都是一副破败的模样，老师的生活条件更差，而这一切，都是政府对教育的投入太少，而当时各级政府的首要工作是抓经济，办企业。为此，她利用一切机会为教育争取资金，哪怕有时不合时宜，甚至冒犯领导。在她的呼吁下，海昌市加大了对教育的投入，一所所崭新的学校拔地而起，教师待遇得到了提高，在全省乃至全国创下了多个教育方面的"第一"。这些"第一"并不是作者的虚构，这是嘉兴曾经的政绩，就连《人民日报》上的那篇批评文章，都有据可查。

有家医院借改善医务人员的住房条件为名，私自修改建筑图纸，五套高知房不仅面积严重超标，而且真正的高知只有一人，其他都是为院方领导借高知名义所占，其中一人还是市长的亲戚。耿直、正义的卫生局局长牛坚顶着压力将超面积高知房改造成集体宿舍，却被举报到市政府。面对这样棘手的难题，于汝冰经过了解，毫不犹豫地站在牛坚局长的一边。我相信这位叫金其生的市长绝不是作者故意影射的哪位领导，但这样的人和事在特权阶层不是一个两个，作者只是在表达自己的立场。

为了响应党中央、国务院的宏观调控紧缩方针，压缩基本建设规模，金市长一个人和计委确定了市里很多项目的上下去留，包括砍掉了一个小学和一个住院大楼的基建项目，却安排兴建一个宾馆的项目。作为这条线的分管领导，于汝冰不畏权势，据理力争。面对这样一个不看重乌纱帽的爱较真的女人，身为市长的金其生也只能双手缴械。

　　于汝冰身在官场，却不懂官场规则，在长官看来，她总是惹是生非，著名的"煤炭事件"便是其中之一。80年代后期，煤炭紧缺，运煤的车皮更紧，全国各地缺煤的省份都在千方百计找资源，海昌市也不例外。好不容易搞到了车皮，但对方提出要"调度费"，而且要现金，不要说不开发票，连白条都不打。在市政府会议上讨论时，于汝冰拍案而起，不仅明确表态不同意行贿换煤，还斥责在座的领导面对如此赤裸裸的腐败现象居然不激动，不愤怒，并表示要告到党中央去。

　　这种似乎只有"愣头青"才干得出的事，总是常常会出现在这位书生型的女市长身上，让她的同事替她捏一把汗，而她自己却若无其事。这就是她的可爱之处，她也因此得到上级的青睐，还一度被选为后备干部，虽然没有再被提拔，却在副市长这个岗位上连任了十五年。十五年的官场生涯让她学会了许多，也改变了许多，但理想主义的色彩并没有从她身上褪去。她还是她，眼里容不得半点沙，想要这个世界美如画，哪怕回家种种花。

　　我相信作者所写的就是她所看到的，虽然她身处的这个环境存在这样那样时时令她愤慨和无奈的现象，她的理想和追求时常被现实无情地粉碎，但刚正不阿、特立独行的品格让她依然坚守着那一份信念。作者没有让读者产生过多的消极情绪，因为正义的力量始终是作者想传递给读者的，我们也就看到了如于汝冰、周黎明、李和平、牛坚、冯靖等人身上的正能量，因为有了他们，这个社会还是充满希望的！

作为这个伟大历史时期的亲历者，作者置身在一个新旧交替的变革时代，有幸见证了这个错综复杂的社会发展阶段所发生的观念碰撞和价值观裂变的全过程，看得出她想为这个变革的社会留下一点历史的痕迹，所以对号入座的人们，你们都小看了作者！在我看来，说大了，这是信息量巨大的中国改革初期的政治生活和社会面貌的真实画卷；说小了，这本书也可以是对嘉兴地方文献史料的补充，若干年后，人们可以从这本书中透露出的信息了解到，20 世纪最后 20 年间嘉兴的城市建设、经济发展和社会各个阶层的生活状态。今年又是嘉兴撤地建市三十周年，重读这本书，对嘉兴的过去和未来会有更进一步的认识。

记得当时我在看完同事借给我的这本《女市长》后，非常喜欢，不仅喜欢作者写的人和事，还喜欢作者流畅、干净的文笔，以及字里行间涌动的那份真诚而炽热的情怀。于是，我特意跑到书店去买了一本，又托一位与范市长认识的同事去求了签名，以此表达我对这位从市长岗位上退下来的女作家的一份敬意！

（原载《嘉善文化》2013 年第 4 期）

萤火虫的力量

　　五一期间，应音莹之邀，我们几个"蠹鱼"再次相聚在诸暨斯宅。这是块风水宝地，既有百年老宅千柱屋，还有当年张爱玲寻夫不遇的小洋楼，溪水环绕，山明水秀。

　　设在裕昌号的晚宴上来了几位诸暨书友。看到钱谞老师就让我想到同山烧，前年到诸暨参加全国民间读书年会的第一餐，就是钱老师用同山烧招待我们的，浓厚、淳绵的同山烧，一如诸暨文友的热情，让人印象深刻。从湄池赶来的欣遇和晓舞，下午陪我们参观了千柱屋和小洋楼，据说他们到斯宅，几乎是斜穿了整个诸暨，晚饭后还要赶回去。席间还有位美女，温婉娴雅，操着一口标准的普通话，音色圆润。音莹介绍她是诸暨电台台长侯月飞，资深的美女主播，今天带来了她主编的一本书，也是她策划的一档文学节目的成果。侯台介绍自己从小喜欢看书，喜欢文学，一直有一个文学情结，诸暨浓郁的读书氛围，让她产生了做一档文学节目的想法，并付诸实施，做了一年多，反响很好。饭局过半，晓舞起身把放在另一张桌上的书拿起来翻看着，我让她拿一本过来看看。厚重的精装本，典雅的封面设计，从装帧上就看出此书做得很用心。见书的左角上印有"文化之江"几个字，联想到我今年参与的那套"文化之江"丛书，不会是同一套吧？我翻到最后一页版权页，看到了"禾塘主编"几个字，禁不住叫了起来："是我主编的嘛！"大家显然很好奇，自己主编的丛书也不知道？其实是我参与组编的另一套丛书，因为出版政策有变，在提前截稿期前完不成全部的组稿，就把组到的几部书稿转交了出版代理机构，并入他们正在组编的"文化之江"丛书中。由于相谈甚欢，他们主动邀请我担任这套丛书的主编。但我负责的五本书，目前只出了两本，另外一本没有通过审查，一本还在三校中，还有一本因作者与编审意见相左，看来出版无望，所以也不清楚整套丛书现状如何。想不到今天在这里遇见其中一本。真是无巧不成书！

大家都感受到了意外惊喜！而最感意外的莫过于我和侯台长，两位主编居然能不期而遇，这让我们兴奋无比，不知不觉间酒喝多了些，同山烧的威力开始显现。我后来竟想不起我都胡说些了什么，还好我没有忘记让侯台在书上帮我签几个字。侯美女的字一如她的人，洒脱、练达。茶会结束后，侯美女主动要求与我拥抱道别，让我受宠若惊！事后，音莹跟我调侃："侯美女当年播诸暨新闻，圈粉无数，你要羡煞多少诸暨人！"

回来后，我就迫不及待翻开了这本散发着书香气息的《夜读的萤火虫》。书的序言由同是诸暨人的著名诗歌评论家骆寒超先生作序。通过骆先生的序言，才知用声音传递文学，在诸暨是有优秀传统的，早在20世纪80年代中期，诸暨广播电台就创办了一档《暨阳广播文学》节目，影响了一大批业余文学爱好者。三十多年后，广播文学的"升级版"——"夜读的萤火虫"启动，邀约本地的作家写暨阳大地的风土人情，然后在萤光闪烁时分播出。一年下来，硕果累累。身为节目策划人的侯月飞台长趁热打铁，把一年来播出的作品遴选一番，并附上作者的创作手记，编成了这本《夜读的萤火虫》。这本书基本囊括了当今活跃在诸暨文坛的作家和诗人，从其选编的数量上就可看出，诸暨的读书氛围之浓厚，诸暨作者的文学素养之高。而这本书最大的一个新奇之处在于，每一位作者的简介下面都有一个二维码，用手机微信扫一扫，诸暨电台的公众号"诸暨之声"——"夜读的萤火虫"节目对该作者的访谈，以及该作者的简介、作品选的有声版和文字版，几乎是全方位把作者推到了读者面前，真正是做到了融媒体！

　　《夜读的萤火虫》收录的作者达 66 位，几乎囊括了各行各业。虽然英雄不问出处，写作者是什么身份不重要，重要的是他的文字是否足以打动你。但作者的个人经历会或多或少会影响到他的写作。最典型的莫过于小说家周如钢，年纪不大，经历却很丰富。"作者简介"是这样介绍他的："中国作协会员，做过木雕织过布，摆过地摊教过书，当过媒体记者、编辑与主编……迄今已在《人民文学》《十月》等文学期刊发表小说 100 多万字……"简直是个传奇人物。看了他的《在小说中找寻自己》（节选），可知正是丰富的生活阅历，才成就了他的文学创作。"诸多的人生经历，诸多的世事纷扰，让我改变了对这个世界的看法……方法论技巧论在我这里全都失了效。只有我的经历和阅历一直在支撑我，我只能安慰自己，或许更多的小说需要有更多的生活，而我最不缺的就是接地气的生活。"

　　不缺生活的作者还有东白湖人吴瑞贤，一位乡村教师，却有着三十多年的创作历史，在《诗刊》《人民文学》《飞天》这些国内纯文学顶级刊物上，不仅有作品发表，还得了奖，迄今已发表 200 多万字，出书12 本。书中选录的是其长篇小说《绝世王妃》中的一章《西施断缆》，写的是即将离开故土的西施那份离愁别绪。作者深知这种熟悉的题材

"要出新意显然很难"，但西施是属于诸暨的，写西施是"寄托了我的一抹挥之不去的乡愁"。

更多作者虽然没有像周如钢、吴瑞贤那样经历丰富，创作颇丰，但其作品还是很扎实的，文字还是很耐读的。第一位作者赵智国的两篇散文《回不去的故乡》和《一个叫直埠的小镇，它的简约生活和印象片段》，用最朴素的语言，抒发了最真实的情感。人物的命运，故乡的往事，生命中的无奈，在作者极为克制的叙述中，带给读者强烈的情感冲击！他写远嫁江西的姑姑，坐着轮椅回家省亲的几个场景，朴实无华，却让人动容；童年的小镇，虽然早已面目全非，但在作者心里，"却依然生机蓬勃地，生长着那么一个很古老的小镇……岁月漫长，小镇也就长出了许多细细的根须，盘根错节地将心爬满了"。用这样有质感的文字来作为全书的开篇，也奠定了整个选本的水准走向。

与赵智国一样，书中收录的作者，大多把笔墨倾注在自己脚下的这片土地和身边的亲人，如曲梵的《光阴里的南门》写的就是他熟悉的那个城乡接合部，在城镇化推进的进程中感受到的点点滴滴。蒋金勇的《湄池火车站》则把已经逝去的场景尽量地还原。现实中的湄池已不复存在，现在这一带都叫店口镇了，湄池已成了历史。看这篇文章，我的脑中一直浮现出这样一幅插图——一位湄池少年坐在自家院子的矮墙上，看着不远处上方呼啸而过的高铁列车，若有所思。这是作为湄池人的欣遇兄在朋友圈里发的一张自拍照，我觉得用作此文插图最好不过。

书中有好几篇是写母亲的文章，不同的人生，相同的母爱，文字质朴，感情真挚，令人感动！如马伯成的《涨潮的日子》、王新的《母亲》、徐发明的《布鞋》，还有寿明雨的《我的妈妈何医师》。

周音莹是这本书中我唯一熟悉的朋友，她是全国民间读书界的活跃人物，她主编的《越览》，在民间读书界有一定的知名度，也是我最喜欢的读书民刊之一。前年，由她牵头的第十五届全国民间读书年会在诸暨召开，吸引了全国众多的读书爱好者目光。周音莹的文字，知性，优雅，书中选入的《闲步平江路》一文，是她应著名书籍装帧设计师周晨先生之约写的，曾入选获"南京最美图书奖"的《平江新图》一书。一个诸暨人，却把苏州的一条小街写活了，这缘于周音莹的骨子里，那份江南女子与生俱来的婉约气质，才使得她的文字显得婀娜多姿。

书中还有很多佳作就不一一举例了。我不知道活跃在诸暨的作者是否被一网打尽，但从目前收录的作者来看，已然是一个蔚为壮观的群体了！一个城市，在这样一个时代，有这样一群执着于用纯净的文字来表达对这个世界的感知，是足以令人欣慰的。更令人欣慰的是，将这个群体推向公众的，是诸暨电台的一档直播节目，在媒体经济时代，将自己的黄金时间段贡献出来，用于推介这一群默默专注于文字写作的人，并用一本书的方式将他们定格下来，这是文学的力量，也是情怀的力量！此书主编侯月飞台长真是做了一件功德无量的事！

骆寒超先生在序中所说，耕读传家是诸暨的文化性格，而这种性格恰如其分地体现在这本集子中的写作者身上。萤火虫虽小，却能让人在黑夜里看见光，《夜读的萤火虫》同样如此。

贺节这个大题目
——读沈裕君的一封信

在友人处看到桐乡籍书法名家沈裕君先生的一封信，引起了笔者的注意。

沈裕君（1882-1982），桐乡乌镇人，字待翁，号承宽，光绪秀才。民国初曾任江西督军兼省长公署秘书长等职。善书，尤精篆书，在书坛享有盛誉，中央文史馆馆员。桐乡档案馆于2018年6月编辑出版了《沈裕君书信集》，收录了沈裕君在1972至1981年间写给上海友人沈京似先生的86通信札及其他亲友的5通信札，由沈裕君嫡孙沈翔先生提供。

友人收藏的这封信是最新发现的沈裕君信札，是沈裕君写给居住在上海的友人厉佛磬老先生的一封信，时间是1966年1月31日，农历正月初十一，还在春节期间。全文如下：

"佛磬老哥：

想鉴腊尽春回，我们又都长了一岁。昨得廿七日大札，又以春节你先施饰贺，惭荷之至！本来还不准备写信的，但是贺节这个大题目不能受之不报，捱不得了，赶紧动笔复贺，节禧祝愿你病随腊去，福与春来，返老还童，健康愉快地长命百岁！

丙午春节你过得着实热闹，四代人欢聚一堂，老头儿乐不可支矣！但恐怕水菜粮食要掏得你的腰包干了吧，做老长辈的总得让小辈们皆大

115

欢喜才不犯错误，哈哈！

我也欢度春节，文史馆为让大家花钱痛快，借给三十元，于是老太婆放手办年菜。老夫却不太高兴，一因二月份手头紧了，二因没有买到我所喜吃的活鱼虾之类，天天同八戒之后打交道，真倒了胃。今年供应极丰富，居然有加香肉，据说是南京土产，可惜太淡了，远不如吾杭从前的件儿肉。上书处，俟天稍暖和，即去访问川菜黔酒。兹复敬颂

春安！

弟裕君叩首 一月卅一日

问令爱好"

短短三百多字一封信，传达出的信息量颇大。

从信中可知，厉佛磬老先生在正月初七时先给沈裕君写了一封信，恭贺新禧的同时，讲述了四代同堂欢度春节的天伦之乐。"佛磬老哥"的贺信让沈裕君觉得"不能受之不报，捱不得了，赶紧动笔复贺"。老派文人礼数周到可见一斑。

厉佛磬何许人也？据笔者所查资料显示，其生卒年不详，在民国初年曾任浙江省测量局局长。这个测量局不是我们现在意义上的地质测量机构，而是一个地方武装部门。作为这样一个部门的长官，厉佛磬显然有行伍的背景。他在民国 10 年（1921）的《申报》上曾撰文《新时代的裁兵法》，对世界局势和中国国情有着敏锐的洞察力，对于第一次世界大战以后各国缩减军备的做法有着自己独特的见解。

在民国初年，沈裕君和厉佛磬同在仕途，且同有军方背景，估计那时候两人就已相识，并惺惺相惜。晚年，一个在北京居住，一个在上海生活，虽相距千里，却丝毫没有影响两人的友谊。他们鸿雁传书，在时代的洪流中，彼此嘘寒问暖，互相牵挂，实属难得。

从信中交流内容来看，纯粹写的是家长里短，虽生活条件不尽如人意，但两人心情舒畅，还不忘相互调侃，对新时代充满希望。

这个时候的沈裕君作为中央文史馆员，还能享受到过年预支三十元钱的待遇。但没过几个月，"文革"开始，时已84岁的沈裕君倒是"未受冲击"，家传的古籍藏品等得以完好保存下来。沈裕君在北京的家也因此成为朋友们的避风塘，梅兰芳的秘书许姬传曾回忆在沈裕君家中的快乐情形："谈版本、吟诗、唱曲，后改聚餐（蝴蝶会），可谓'黄柏树下抚瑶琴，苦中作乐'。"（许姬传《艺谈漫录》）

沈裕君之所以如此"逍遥"，得益于他在民国十六年就离职赋闲在家。他潜心学篆，之后一度以此养家糊口。他工书法尤精篆书，引得人们竞相珍藏他的字。1973年秋，91岁的沈裕君应梅兰芳夫人福芝芳之请，在梅兰芳生前的三幅画上，分别以"燕赏斋主人属题"篆书《梅兰芳先生群芳图》《梅兰芳先生观音像》《梅兰芳先生禅僧图》，一时传为佳话。1981年1月27日，他在致云南曲靖的孙子沈权信中说道："我已97岁，年纪太大了。我目力真不行，但是不少人要我的篆书，有求必应。"

沈裕君乐观豁达，颐养有道，爱好广泛，围棋、篆书、赏画、听曲，无一不精，也因此交友甚广。他的书信目前发现的还不多，相信随着时间的推移，会被陆续发现，并将引起更多人的重视，对他的研究也必将更加深入。

（原载《书信（辛丑卷）》）

　　五年前，木心故乡的一群年轻人，出于对这位乡贤的热爱，自筹资金编印了一辑"木心纪念专辑"，以民间读书社团——梧桐阅社社刊《梧桐影》第五期一整期的规模，向木心致敬！主编夏春锦为此写下了第一篇有关木心的文章《木心编年纪要（初稿）》。纪念专辑一经推出，深受欢迎。木心的推介者陈丹青先生主动约见编辑和作者，肯定了他们的做法。之后夏春锦和他的伙伴们又趁热打铁，向全国书友征稿，编印一本更具规模的《爱木心》，交由山东画报出版社出版，又受到全国广大木心迷的追捧。于是，一个更具野心的计划，开始在夏春锦心中酝酿起来。

　　研究一位作家，必须了解他的生平和创作。但木心研究刚刚起步，他的生平事迹还有许多谜团并未解开，需要进一步挖掘和梳理。为了填补这一空白，夏春锦开始着手编撰《木心先生编年事辑》。在编撰过程中，通过实地寻访，史料钩沉，很多新发现的木心资料陆续浮出水面。凭借良好的文学素养和对史料的敏锐把握，夏春锦将这些新发现的史料进行了一番考据，陆续写出了一批专论文章，以《木心考论》之名，作为读书民刊《蠹鱼》的创刊号，率先在各地书友间作了内部交流，反响热烈。浙江古籍出版社慧眼识珠，适时推出这部兼具史料和叙论的专著《木心考索》，为木心研究提供了一份不可多得的基础性文本。

很多人知道木心是通过他的文字，知性，博大，高冷，散淡，与我们一直为之膜拜的经典文学作品迥然不同，陈丹青先生将木心高度定义为"木心可能是我们时代唯一一位完整衔接古典汉语传统与五四传统的文学作者"。这样一位作者到底有着怎样丰富的人生，才有如此惊人的文字从他的笔尖流出？夏春锦将研究重心首先聚焦到被研究者生平的考证上，为他之后的研究提供了事半功倍的效果。开篇的《木心传略》，以平实客观的描述，为我们呈现了木心极富传奇色彩的人生；对于他在文学、绘画、音乐等艺术方面的成就，均作了简明扼要地概述；对于他在华人世界的社会影响和地位，也作了必要的介绍。可以说，这篇"传略"基本可以满足想要初步了解木心的读者的需求。相信随着资料的不断丰富和完善，在这个"传略"上发展成一部人物传记，也是指日可待的。

《木心传略》的可信度，来源于作者忠于史实的严谨态度。在《木心考索》的第二辑"考释"中，作者通过对木心的笔名、"自制年表"、写作"成名期"、两次办刊经历、进出上海美专的时间等方面的论述，旁征博引，使木心生平中一些模糊之处，有了比较清晰的呈现。比如就木心凭自己记忆整理出的一份"自制年表"，其真实度应该是不容置疑的，但作者还是通过比较、分析，指出其年龄"有两处用了周岁""三处则出现笔误"；而作者通过在上海市档案馆所藏之上海美专的档案资料中发现的木心在该校求学期间的成绩单，从而推断木心是作为插班生于一九四六年一月才进入上海美专这一定论。正是这样的"穷追不舍"，作者整理出的《木心年表》，连非常熟悉木心的陈丹青先生都对作者的用心感到惊讶："你是怎么做到的，简直是公安局的嘛。"并明确表示布置木心美术馆的家族馆要参考作者的这份年谱。

我们已越来越感受到，一个人的朋友圈是非常重要的。同样，要研究一个人，他的朋友圈也是必须关注的。《木心考索》的第三辑"交游"写到了木心与夏承焘的交往、木心与茅盾的关系、木心与王伯敏等美专同学的相处以及木心与家人的关系等。作者通过木心的文字与被交往人的文字相互印证，将他们之间的关系做了客观的阐述。比如木心与夏承焘的交往，参考了夏承焘的《天风阁学词日记》和夏烈的《与木心先生的下午茶》一文；木心与茅盾关系，则参考了茅盾众多的文字。然而，作者并没有仅仅满足于文字资料，他通过走访木心的亲戚，从其亲人的角度，了解到木心在生活、工作等方面一些鲜为人知的事，让木心更近距离地走近了读者。通过寻访木心在上海的踪迹，身临其境探访木心学习和工作过的地方，对于研究木心的创作和思想都是非常珍贵的第一手资料。

寻踪文字是近年比较热门的题材，也越来越让人感到，读万卷书不如行万里路。行走间的文字永远是鲜活的！作者选择了木心求艺起点的杭州作为寻踪的第一站，"终因懒散而未能形成文字"。随后又有了上海之行，却写出了自己比较满意的"发轫之作"《寻访木心上海遗踪》。作者的不经意间，其实也恰恰反映出：上海是木心人生版图上最重要的一个地标！如果没有在上海的生活经验和切身体验，是无法写出像《上海赋》这样入木三分、让人"如遭雷击"的文字的。而研究木心却不涉及木心与上海这个话题，木心研究的含金量就会大打折扣。在《寻访木心上海遗踪》中，我们随作者来到木心曾经工作过的上海市育民中学和学习过的上海美术专科学校进行深入探访，这时候的作者犹如一位称职的导游，带领着大家寻踪访旧，再现木心在此工作和学习的情景，而木心形象在这样的叙述中变得灵动起来，这对于读者进一步了解木心、解读木心、研究木心是不可或缺的一个视角。

当很多人对于木心的解读还停留在"粉丝阶段"时，《木心考索》显然有备而来，作者的野心在字里行间已表露无遗。如果再深入走进木心的文字，而不要去做过度的解读，相信今日的"考索"，就是明日丰硕成果的一把金钥匙！

（原载《芳草地》2019 年第 4 期总第 72 期、2019 年 11 月 1 日《湖洲晚报》）

一

感谢广东《悦读时代》杂志执行主编徐玉福的引荐，让我结识了湖湘才子甘建华先生。说来惭愧，我是看了他应我之请寄赠几部大作后，才开始对他有所了解。他的学识，他的才情，他的文风，他的眼界，都是我所欣赏和仰慕的。他从校园诗人到新闻记者、著名作家再到文化学者，同时又是藏书家、书画收藏家、大学客座教授及特约研究员，还担任着湖南两家公司的董事长，在每一个领域都成绩斐然。如此大的信息量，让我看得有点晕眩。

《天下好人》《铁血之剑》是甘建华从事新闻工作期间的两部深度报道作品集。他以极其敏锐的新闻嗅觉和强烈的社会责任感，将新闻作品写得生动形象而又富有深度，所报道的新闻事件和新闻人物，不仅在三湘四水引起轰动，还被很多具有全国影响的媒体转载，产生过不同程度的社会反响，得到邵华泽、梁衡、何光先、时统宇、雷一大、丁柏铨、吴廷俊、董广安、徐国源等新闻界领导和学者的好评。这些新闻作品虽然时间上与现在有点距离，但今天读来仍有新鲜感，丝毫不影响我在阅读过程中所受到的心灵震撼。《衡阳少了一个好人》《愤怒的好人》《被侮辱与被损害的好人》《张四莲，二十世纪的窦娥冤》这些有深度的新闻报道，将我们这个社会中人性的多面性呈现出来，也为这个急剧变革的时代留下了一份较为客观真实的备忘录。当看到甘建华为中国记者荣誉而战的那场引发众多媒体包括中央电视台《今日说法》栏目关注的反击恶意诉讼案的诸多篇章，又不禁为其正义之师和男儿豪情叫好！

甘建华的文史笔记《蓝墨水的上游》《江山多少人杰》，历时八载，怀着对故土一份炙热的情感，将视线和笔触牢牢地锁定在自己生于斯长于斯的衡岳湘水。从纸的发明者东汉耒阳蔡伦，到明末清初大儒王夫之，再到当代言情文学大师琼瑶，数百位历代文化名人，只要他是生于衡阳，祖籍衡阳，或者哪怕只是衡阳的一个匆匆过客，只要他在蒸湘大地上留下过雪泥鸿爪，都是作者关注的对象，并通过他们，把散落的地方史料珍珠一一串起。作者的这一研究方向，赢得了海内外众多作家、学者的广泛赞许，尤其是衡阳籍文化名人的首肯。被誉为"世界华文诗坛泰斗"的洛夫先生感慨万千地说："衡阳文化在走过 2000 多年历史之后，终于等到甘建华来做一个系统的总结了。"著名作家、历史学家唐浩明先生说："我为家乡拥有如此俊彦后学而欣慰和自豪。"二公之论不可谓不高也。

近年来，本人也将阅读兴趣转向了地方文史，并尝试在这方面做点文字工作。甘建华这两本文史笔记，无疑给我树立了一个标杆。有趣的是，当我发现他笔下的某位先贤曾与我们浙江嘉兴有过交集时，欣喜江南文化与湖湘文化也是渊源有自的。譬如，晚清中兴四大名臣之一的彭玉麟，光绪元年（1875）农历三月，应时任嘉兴知府的长沙人许瑶光之邀同游南湖，应许知府索梅要求，当即画横、直梅花各一幅并赋诗其上。许瑶光得画后，请嘉兴秀才钟沈林镌刻石上，并于同年在烟雨楼北面建"宝梅亭"，壁嵌彭玉麟画梅石刻，其中一块一直保留至今。

从一名"铁血记者"，到一名文化学者，甘建华的华丽转身，以及他对文字的自如操控，已经让我的阅读变得目不暇接。正当我在他精心挖掘的湖湘史海中流连忘返时，又欣喜地收到了他从衡阳给我寄来的最新文史随笔集《冷湖那个地方》，一下子又把我带到了"西部之西"那片沉雄大荒。"西部之西"是甘建华读书、工作、生活了11个年头的地方，那里留下了他的青春岁月，也是他文学之梦放飞的地方，他对这片土地的刻骨铭心和魂牵梦萦，我从这本书中深切地感受到了。

二

"西部之西"位于柴达木盆地西部，这是甘建华首创的一个地理名词和文学世界。早在2001年，他就出版了以《西部之西》为名的小说集，并荣获第二届"中华铁人文学奖"，从此"西部之西"被人们广泛征引。当年以《中国古代第一篇游记考证》为大学毕业论文的甘建华，如今，怀着一腔赤诚的故土情怀，用深湛的专业知识和扎实的文字功底，整理出81个地理名词，创造性地呈现出了集地理与文史于一体的全新文本——《西部之西地理辞典》。

起初，我以为这只是地理名词的解释文本，再加上作者个人的一个描述角度敷衍成篇，但读着读着，我的注意力渐渐被这本书吸引了。本人地理知识匮乏，如果没有一张地图摆在面前，我是无法准确定位这个地方的真正方位，更何况对我这个江南水乡平原长大的人，根本无法想象"西部之西"是怎样一个人迹罕至的自然环境。但作者对于这个地方的记忆打捞充满感情，让我对这片土地及其上演的那些人文故事，产生了浓厚的探寻兴趣。

这个中国地势最高的盆地，许多地名都是 20 世纪 50 年代新中国第一代勘探队员取的，它们见证了柴达木的艰难开发史，甚至见证了中国石油工业和青海省的经济发展历程。作者的父亲甘琳先生是当年勘探队伍中的一员，通过对这些地理名词的描述，其实也是作者在向父辈们开发柴达木那段燃情岁月的一次致敬。譬如"南八仙"，就是为纪念八位南方来的女地质队员取的名字，她们在一次野外测量时突遇沙尘暴而集体罹难；"清明山"虽不是因人得名，却引出了一位叫顾树松的地质师，在清明山上死里逃生的经历，尤其是那句"为了让同志们日后找到尸体，他咬着牙齿向着附近最高的山坡爬去，终于爬到了山巅，又再一次昏睡过去"，让人看得惊心动魄潸然泪下；"冷湖三号"中那个钻探队在荒野中与两匹狼从互相提防到友好相处的故事，让人思考人与自然应该建立一种什么样的新型关系；"油砂山烈士纪念碑"则讲述了安葬于此的柴达木勘探向导阿吉老人的传奇人生，引用著名作家李若冰一句"当你 62 岁的时候，还添了一个女孩，我真为你高兴"，读者无不掩卷莞尔；"万丈盐桥"征引了新华社记者张荣大写的筑路将军慕生忠与毛主席的一段轶闻趣事；"狮子沟"是我国乃至世界上海拔最高的油田，也是一个英雄辈出的地方，"石油工人的杰出代表，当代青年的榜样，首届'中国青年五四奖章'获得者，感动中国的一百个人物"的秦文贵，早年便在这儿工作，甘建华为自己是第一个采访他的记者而感到无比自豪。这一个个有血有肉的人物，一桩桩感天动地的事迹，通过一个个地名的延伸，犹如一组组栩栩如生的浮雕，与雄浑壮阔的西部之西大地融为一体，让人"高山仰止，景行行止，虽不能至，然心向往之"。

跟着甘建华饱蘸深情、温润如玉的笔触，在这些陌生而神秘的地方悠游的同时，我心中不免有一丝遗憾。这些富有生命力的地理名词，以及与这些地名已融为一体的英雄群像，要是再配上相关的图片，可能更加让人印象深刻。好在《后记》中已经说了，"待这本书出版后，我要到西部之西走一趟，再出一本图文并茂的《西部之西地理辞典》"。我们期待着！

三

随着大盆地的开发建设，也催生出了"柴达木文学"这一独特的风景线。写出脍炙人口长诗《王贵与李香香》的李季先生，便是走进盆地引吭高歌的第一位著名诗人。他与写出盆地第一部散文报告文学集《柴达木手记》的著名作家李若冰先生，成了世所公认的"西部文学的拓荒者""石油文学的奠基人"。他俩是甘建华的父执，也是其文学道路上的指路明灯。尽管二位先贤已经下世多年，但他们的遗孀李小为、贺抒玉两位前辈（均是中国作家协会会员，今年都是 87 岁），仍然与"小甘子"保持着经常的联系，对他的个人化写作寄予了深情与厚望。

《盆地文坛艺苑逸事》笔记上百则，长达数万字，作者将曾经活跃在柴达木盆地的作家、诗人及各界文化人士，进行了一次集体巡礼，做了一次有规模成建制的展示。作者通过人物事功的简述，或许多鲜为人知的故事，加以寥寥数语的评介，犹如一幅幅简笔画，每一个人物的性格特征都呼之欲出。

《冷湖那个地方》是一篇旧作，这次出书时作者又进行了修改。他像一位称职的导游，将冷湖这个共和国最初的第四大油田，这个大多数中国人比较陌生的石油小城，进行了一次有温度、有高度的诗性叙述。飞扬的文采辞藻，灿烂的历史文化，得到了淋漓尽致的发挥，难怪此文一出，就被大量转载，成为介绍冷湖最权威的文章。因为"冷湖的历史并不长，其短暂的历史即是整个柴达木盆地历史的体现与缩影"，作者对冷湖全方位的描述就具有了史志般的意义。

出自衡阳文化世家的甘建华，深谙"从低调出发，从谦卑做起"的处世哲学，具有一种湘湘士子重情义、敢担当的操守。为了写作《冷湖那个地方》，他"把所有的事情搁置一边，闭关式弄了两三个月"。他说："因为我曾是一个柴达木人，我之所以能有今天的造化，与柴达木的培养是不能分开的。"细读精研一个多月，我看到了写出《蓝墨水的上游》《江山多少人杰》那位文化学者梦开始的地方。在《山高水长之风》一文中，作者写到了郑崇德先生对他的知遇之恩，情真意切，感人肺腑。通过对郑先生的感恩，我同时看到了作者成长的轨迹，和他的为人处世。他从家乡湖南追随父亲来到青海油田，报考青海师范大学中文系，却阴错阳差进了地理系。因为爱好写作，投稿《青海石油报》，认识了郑崇德社长，毕业后郑社长力邀其到报社工作，好事多磨，虽然如愿以偿，但随着郑社长的调离，每个机关内都存在的那种微妙的人事关系，让甘建华遭遇了诸多不顺。好在回到家乡衡阳的甘建华，通过自己的努力，最终在新闻和文学两方面取得了令人瞩目的成就。

在《冷湖那个地方》近三百个页码中，作者个人经历不经意间穿插其中，所以我更多的是将它视为一位湘籍作家的青春自传来阅读的，也让我对之前所读《天下好人》《铁血之剑》《蓝墨水的上游》《江山多少人杰》的著者有了更为立体全面的认识。而作为同是 60 年代生人，我在读他青春部分的文字时，又多了一层感同身受。

四

甘建华新著《冷湖那个地方》是由青海省海西蒙古族藏族自治州政协文史委策划编辑，中国文史出版社 2014 年 7 月出版发行，列入"柴达木文史丛书"第三辑。据说这套丛书总共要出五辑三十本。一个地方政协能邀约这么多著名作家、学者，为之抛开各种俗务投身于对这片热土的往事回顾与倾情撰述，国内即使不是第一家，至少尚不多见。

想起今年 5 月份，这个州的州政府携同浙江省援青指挥部来到我们嘉善，举行了一个"醉美昆仑·梦回钱塘"文化走亲旅游推介会，县里颇为重视，当晚的文艺晚会出动了、县政委县府的全体班子成员。那天我有幸拿到一张票，又正好坐在海西州旅游局一位官员边上，经县委宣传部丁老师介绍，我们交谈了几句，他又拉我到台前合影。晚会大屏幕上演示着海西州优美的自然风光，舞台上多姿多彩的歌舞表演，让我们领略了中国西部一隅的瑰丽风光和风土人情。我也是第一次知道，诗人海子的著名诗篇《姐姐，今夜我在德令哈》就是在这里写下的，德令哈借助海子的诗名飞扬，并在巴音河畔修建了一座海子诗歌陈列馆和海子诗歌碑林。那个安达组合将马头琴、呼麦、鼓点和男声主唱有机地协调在一起，使远古遗音又充满了生机。这个美妙的夜晚，算是我第一次与海西州的亲密接触。

在此之前，曲友小高推荐给我一张音乐专辑，是一个叫 HAYA 的乐团的原创作品，音乐空灵飘逸，宛如仙乐。那位天籁女声，原来就是甘建华《盆地文坛艺苑逸事》提到的最后一位艺人黛青塔娜，她就出生在海西州首府德令哈市。现在，甘建华先生又将他的最新力作《冷湖那个地方》呈现在我的面前，让我对那个遥远的异地有了更多更新的认识。

青海湖以西的海西州我以前闻所未闻，然而在半年多的时间里，竟然这样毫无征兆接二连三地出现在我的世界，感觉似乎在向我昭示着什么，让我不禁怦然心动！

（原载 2015 年 3 月 16 日《柴达木日报》）

注：甘建华著《冷湖那个地方》2016 年获第七届冰心散文奖

非爱即恨的
人生悲剧
——读屠亚芳的短篇小
说《爱与恨》

　　因为关注一幢老宅，才知道原《嘉兴日报》编辑屠亚芳老师会写小说。屠老师那时刚刚加入一个群聊，她对老宅内所发生的事情似乎更加清楚，说到老宅中的一些事，她说她有篇小说《爱与恨》基本写实。我便私下问她大作如何拜读到，她说："那是小说。"没多久，从她朋友圈获知，她得病了，似乎情况很严重，看得出她的恐慌和消沉。因交往不深，只留言鼓励安慰了几句。2020 年的元旦过了没几天，传来屠老师香消玉殒的消息，让人唏嘘不已！

　　很多朋友想为屠老师做点什么，其中有人想为她出本纪念集，在群里我想提供点线索，说到了她的这篇小说《爱与恨》。很快有朋友查到了这篇小说的出处——《雨花》杂志 2010 年第 5 期。我马上在网上订购了含有这期杂志的整年《雨花》。

　　拿到杂志，我马上翻到署名"屠亚芳"的《爱与恨》这一页。小说前有一段文字，显然是编辑为了吸引读者特意从小说中挑出来的：

　　"居会计为啥先喜欢钱医师，喜欢到不顾姑娘家的身价倒追他，又掉转头狠狠地斗他，斗到他死了也不心软，像死猫死狗那样把他一埋了之，接下来还来个一百八十度大转弯，跟刘光明搞起腐化来？"

这一段文字倒是基本把这篇小说的情节概括了，也点出了小说的主题，吸引人想看下去。然而，我更喜欢小说的开头：

"日子过得就像河水，罗星湾的水连着西面旧城墙里的市河，涨潮时朝西流，退潮时朝东流，日日这样不紧不慢流着。"

我喜欢这种漫不经心却意味深长的叙述语言。这才是小说家的语言！

接下来，作者就开始娓娓道来。那个时代人和事，在很多文艺作品中出现过，并不新奇。但作者完全在用她自己的语言和视角，在描述着曾经疯狂的一切，不急不躁，不慌不忙。作者虽然用了一些本地的地名，与实际还是有出入的，正如她自己说的："这是小说。"小说自有小说的语言。作者没有吝啬她的文笔，她在描写居会计批斗钱医师时的喊叫声，不忘来一句："在有星星的夜里听来像金刚钻划破玻璃。"在描写钱医师精致的生活时，将着眼点放在钱医师的一条毛巾上："挂在墙上的毛巾一直雪白松软像新的，还有淡幽幽的香肥皂味，不像人家用到砂皮那样发硬还要用下去。"她还特别强调了地域语言，读她的这篇小说，我觉得用嘉善话来读更有味道，像喉咙哑写成"散壳响"，小护士的"圆团面孔"，能干的居会计"只只要捉雄麻雀"，落魄后的"掩出掩进"，还有"汗毛凛凛""瞎三话四"等，嘉善话很自然地融入她的叙述中，读来亲切！

小说如何结尾，是小说成功的关键。当作者把爱与恨的故事讲完后，场景转到了四十年后，还是以"我"的视角，地点在公墓，只有在这个人生的终点站，才有资格评判人生：

"人生真的快得如做一场梦，一切好像近在眼前，那曾经生动着的一辈人不少已到了另一世界，成了碑上的一个名字、一张照片。"

就在这样的空间里，曾经"只只要捉雄麻雀"的居会计再次出现在人们的视角。这一次，曾经被"公认的医院里的一朵花的"居会计，"换上了弥勒佛一样的和善微笑，染过的头发发根露着一段白，一身化纤料的衣裳也不考究"。而那个刘光明，"姐妹们都晓得，他吃酒吃到前几年中了风，住在城东乡的敬老院里"。小说就此戛然而止。

作者的笔是冷竣的，她通过这些人和事的客观描述，把自己的爱与恨不着痕迹地融入其中。如果小说的题目更隐喻一点，不要让读者有先入为主的感觉，或许会给读者带来更强烈一点的阅读体验。不过，按照作者骨子里的个性，凡事都讲究个极致，那么也就不难理解她想要达到非爱即恨的创作效果。

（原载 2020 年《分湖》创刊号、《质本洁来还洁去——屠亚芳纪念文集》）

逐梦戏曲

慰平生

业余戏曲作者最大的梦想，就是将自己苦思冥想创作出来的剧本，能够完美地呈现在舞台上。陈志平老师做到了，而且成绩斐然！他创作的大型古装越剧《绿袍情》被上海越剧院采用被搬上舞台，创作的嘉善宣卷《良心桃》《寻碑》两度登上全国曲艺最高奖的舞台并获奖，越剧小戏《光明使者》获嘉兴市第二届职工文艺汇演金奖……而所有这一切成绩，均是在近五年时间里取得的。如今，这些优秀剧目汇集成一本戏剧曲艺作品集《平生戏梦》，由中国戏剧出版社正式出版，可喜可贺！

作品集分"戏剧类"和"曲艺类"两辑，这也反映了陈志平老师是戏曲创作的多面手。"戏剧类"中共收录了四个剧本和一个越剧开篇。八场越剧古装戏《留衣亭》，即是陈志平老师退休后创作的第一个越剧剧本，他是根据嘉善志书上有关明代嘉善知县汪贵的事迹，结合当前反腐倡廉的形势，通过越剧的形式，塑造了一个勤政廉洁的古代清官形象。正是这个剧本，让我认识了陈志平老师。记得当时是 2014 年，我在拜访嘉善文化界前辈何焕先生时，何老给了我一本装订成册的剧本《绿袍记》（原名），说是民政局退休的陈志平先生写的一个七场古装越剧剧本，正在征求各方意见，让我也提点建议。我有点惊讶，除了因何老对我的信任外，还因嘉善业余作者能写出这样的长剧本，这么些年我还是第一次看到。剧本中浓郁的地方特色，尤其是剧中随处可见的嘉善的人文历史，让我印象深刻。通过何焕先生，我与陈志平老师取得了联系。他在听取各方意见后，前后改过不下十稿，蒙他不弃，每一稿都发我征求意见。剧情渐渐合理，人物逐渐丰满，剧本渐趋完善，最终被列入嘉兴市2015年重大题材文化精品扶持项目。

这一剧本通过还在上海戏剧学院念书的嘉善籍学生张艾嘉的一次剧本朗读会，被上海戏剧学院吴波博士相中，他们与陈志平老师一起合作，对剧本做了大胆的改编，并引进了嘉善宣卷的这一古老的曲艺形式，成为一部实验戏曲作品《绿袍情》。2019年由张艾嘉领衔主演的实验戏·曲《绿袍情》，作为张艾嘉及其同学的毕业大戏，在上海剧院首演，反响热烈。之后，该剧又成为这批毕业生进入上海越剧院的第一部大戏，在上海和嘉兴两地交流演出，好评如潮。此剧巧妙地把富有嘉善地方特色的宣卷表演形式，作为全剧的开场和结尾，宣卷绘声绘色的说表特点，正好可以把故事的来龙去脉作一个简要说明，省去了很多需要用剧情来表现的场景，使全剧的推进节奏更快，情节更集中，重点更突出，成为戏剧和曲艺完美融合的一部优秀之作。现在剧本完整地收录在这本作品集中，相信可以给很多戏曲作者以创作上的启示。

把嘉善宣卷写进剧本并不是偶然为之，其实创作嘉善宣卷也是陈志平的强项。浙江省曲艺家协会每年有一个大赛——浙江省曲艺新作大赛，也是为了中国曲艺最高奖"牡丹奖"选拔优秀曲艺作品而设立的。为此，浙江省曲协在这个大赛前，都会精心组织一次曲艺新作征文比赛。作为浙江省曲艺家协会会员的陈志平老师，在2017年的省曲艺新作大赛中，第一次用嘉善宣卷这一古老的曲艺样式，以嘉善姚庄一带种桃专业户的故事为背景，配以食品安全的主题，创作了一个现代题材的脚本《良心桃》。为了使这个作品更加完美，他广泛听取意见，几易其稿。当征文获奖后，他又亲自落实作曲、演员和乐队，组建了一支演出队伍，与大家一起参与二度创作，边演边改，最终获得浙江省第六届曲艺新作大赛创作金奖、表演金奖，成功入围第十届中国曲艺牡丹奖决赛，获得文学入围奖（演员张艾嘉获新人入围奖），实现了嘉兴曲艺在全国曲艺比赛中零的突破。第二年，他又再接再厉，创作了一部根据以嘉善陶庄汾南村夏河桥头"永禁碑"为素材的嘉善宣卷《寻碑》，再获第十届中国曲艺牡丹奖文学入围奖（演员张艾嘉获新人提名奖）。这两个获奖作品如今都收录在这本作品集中，必将成为嘉善宣卷的经典作品而流传下去。

陈志平老师的创作始终围绕着他土生土长的嘉善这块热土进行的，他写了古代的嘉善清官汪贵（越剧《绿袍情》）、带领嘉善军民抗击倭寇的赖恩（宣卷《宾旸门》），也写了当代的嘉善劳模韩明华（越剧小戏《光明使者》）、诚实守信的姚庄种桃专业户吕阿松和陶庄新一代村支书辛兴，他的六场越剧现代戏《追梦路上》也是以嘉善某塑料企业真实的创业故事改编创作的。在他创作的剧中，嘉善元素随处可见，如《留衣亭》《绿袍情》中提到了泗洲塔、八珍糕、吴镇的画、朱碧山的双虾戏水银杯，在《宾旸门》中更是将魏塘东门大街宾旸门一带的世俗风情娓娓道来，让嘉善人听来亲切，让未到过嘉善的人有一种向往。而通过《绿袍情》的上演，《良心桃》《寻碑》《宾旸门》以嘉善宣卷的形式轮番在全省乃至全国的曲艺展演中频频亮相，无形中向世人宣传了嘉善，扩大了嘉善的知名度。从这个意义上说，陈志平老师是嘉善的文化大使一点也不为过。

戏曲创作的难度在于除了要考虑结构的起承转合、人物形象的塑造和必要的戏剧冲突外，唱词的创作也是个难题。唱词是韵文，要求语言凝练，有文采，有韵味，还要通俗易懂，朗朗上口，关键是要符合人物性格和剧情发展。在这一点上，陈志平老师的唱词写作功底还是很扎实的，可以看出，他深受中国传统戏曲文化的熏陶，能够根据人物的特点和剧情的需要来设置唱词，让读者从唱词中就能体会出剧中人物的性格和思想，也大致可以知道这是一段什么节奏的旋律。比如《绿袍情》中汪贵的唱词大多以七字一句，比较正气，但他含冤入狱后，为了表达他内心的愤怒和坚强不屈的心情，他的唱就是十字一句，有点一吐为快的感觉。中篇嘉善宣卷《宾旸门》中，为了营造元宵节日气氛，巧妙地设置了一段一口气唱十盏灯的唱词，从一唱到十，又从十唱到一，舞台效果非常好！

　　陈志平老师是七十岁后才真正开始进行戏曲创作，一出手就不同凡响，每个剧本都可圈可点。有人说他大器晚成，其实这是他的厚积薄发。他热爱戏曲，曾经担任过大通乡越剧团的团长；他又喜欢地方文化，曾经在地区报社工作过，为嘉善地方史志的编撰也作出过贡献。退休后，强烈的创作欲望，让他的这些经历和个人爱好紧紧地结合在一起，产生了我们看到的这些具有浓郁地方色彩的优秀戏曲作品。

　　陈志平老师这次把这几年来创作的作品结集成书，而且此书也被列入嘉善县重大题材文化精品扶持项目，这是值得庆贺的事！根据我对嘉兴戏曲界的粗浅了解，陈志平老师的戏曲创作势头和作品质量，目前在嘉兴地区来说是凤毛麟角，他的创作态度和写作毅力，是值得我们大家学习的。如果一定要提什么要求的话，我觉得可以多借鉴我县著名戏剧家顾锡东先生的在戏曲创作上的成功经验，顾锡东先生曾经说过："戏与曲的形象总是虚多实少，以虚带实，就实论虚，虚实相兼为好。"愿以此与陈志平老师共勉，并祝陈老师能够创作出更多更好的戏曲作品，为繁荣我县的文化事业再创辉煌！

（原载 2021 年 7 月 6 日《嘉兴日报·嘉善版》）

一、浙江书友结伴同行

2016年"第十四届全国民间读书年会"在遥远的西北城市张掖举办，我们几个南方书友早就跃跃欲试，准备"组团"赴会。除了去会一会平时一直在网上交流的全国各地的书友外，领略一下西北壮丽的自然风光和深厚的人文底蕴，是大家的向往。

7月16日上午一早，青鹿和季米从衢州出发，许新宇从建德驾车到衢州坐高铁误点改签，周音莹从诸暨出发，子仪和我从嘉善出发，六个人分别坐不同班次的高铁去往上海，搭乘T204特快列车去张掖。本来还有桐乡的夏春锦，大家一起买的票，只因临走前两天，他爱人的外公病危，只好放弃了这次年会，虽然大家为他感到遗憾，但他的选择是值得赞许的，书友还有机会再聚，长辈的最后一程不能不送。

中午，青鹿、季米、周音莹、子仪和我在上海火车站会合，周音莹提议一起合个影。周音莹送了我们每人一本她主编的新一期《越览》及越览文丛《湘湖情》。承周老师厚爱，每期《越览》都有相赠，素雅别致的装帧，印刷精美的图文，注重地方文史的挖掘，在我收到的民刊中属佼佼者。

上车后，还不见许新宇兄出现，车快要启动了，大家不免为他担忧。还好，差五分钟，他赶上了火车。六个人终于在火车上会面了。

青鹿拿出了她特地为这次旅行准备的食品，凤爪、鸭头、南瓜干、酥饼、茶叶蛋，除了酥饼，都是她自己做的，我们都说她可以开个熟食铺了。她还带来了白酒，除了子仪，我们都喝了酒，一路上吃吃喝喝，说说笑笑，时间很快就过去了。

第一次坐这么长时间的火车，因为有了这一群书友的一路同行，没有想象中的枯燥乏味，反而领略到了沿途形态各异的地理变化和美丽风光，旅途中的三十个小时就这么被我们挥霍掉了。

17日晚上18：40到了张掖，图书馆的工作人员小李已经举着牌子在出站口迎接。因为只有一辆小车，坐不下我们六位，我们提出打一辆车过去，小李硬是不让，说先送三位去宾馆，回头再来接三位，他自己也陪着我们等在车站上。我们到荣泰大酒店已经近八点，荣泰大酒店位于张掖闹市区，不远处就是钟鼓楼，右边是新华书店，左边是一禾书城，主办方真会选地！

二、以书会友

在宾馆大厅中负责接待的图书馆工作人员中，我见到了之前一直在电话中联系的何静怡小姐，并托她把我前天快递过来的三十本拙作《从黄金时代走来》，帮我带到宾馆来。以书会友是我这次参会的目的之一，春锦兄说书比名片好，让我多带些。

拿到书后，我第一个就送给了何静怡小姐，她说黄馆长吩咐过，每种书都留两本给馆里，我说已经准备了。见我对面房间的门开着，李传新老师在里面，他是民间读书年会一届不落的两位元老之一（另一位是董宁文老师），我进去递上了我的拙作，李老师又向我要了一本，说是给同房间的闫进忠老师。

接着联系姜晓铭，因为前不久看了阿滢兄的兴化游记，我正在与泰州的同学联系到泰州参加同学聚会的事，兴化属泰州，可以腾出时间到兴化逛逛。阿滢兄说如果到兴化找向导，可以给我介绍晓铭兄。后来我发现姜兄就在我们一个读书群里，而且姜兄说我们早就是博客好友了。真是惭愧！博客好几年不打理了，好些博友都淡忘了，加上大家喜欢用网名，张冠李戴的事时有发生。虽然后来因故取消了去兴化的打算，只在泰州和姜堰玩了两天，但与姜兄却有了联系。

进了姜兄他的房间，第一眼却见到了易卫东老师，他跟姜兄住一个房间。易老师也是在读书群中认识的，但见面却是第一次。他曾寄赠过他的大作《学步集》，一位中学数学老师的读书量和涉及领域这么广大，文笔又这么好，很是仰慕！我当时就在博客上写了篇《数学讲坛上的一枚读书种子》，谈了我的观后感。房间中另有其他书友，由此认识了之前一直分不清的王振良和王振羽两位老师，还有上海的陈克希老师、陕西的任安、吕浩和张掖的张恒善等书友。又去了崔文川和朱晓剑房间拜访了他们，崔老师是我们这次"传贻文丛"的封面设计人，这次见面，他又送了我一套他设计制作的"长安笺谱"，素雅，精致，让人爱不释手。

因周立民老师前不久参加了我们当地的一次读书会，并就我的拙作进行了一番中肯的点评，我去了他房间拜访。没想到一房间的人，很多人在围着陈子善老师签名、合影。周老师向我介绍了坐在他床边的章海宁，上次我就跟周老师谈到过，哈尔滨的呼兰河读书会办得不错，我经常在海宁兄的微信朋友圈中看到他组织开展的一系列读书推广活动，海宁兄本人又是位萧红研究专家，这次总算有幸见面。

见陈子善老师忙完站了起来，我走过去做了自我介绍。前不久，春锦兄建议我可以寄本书给陈子善老师，他对民国时期的作家比较熟悉，或许可以给我关注的民国女作家褚问鹃提供一些信息，并给了我陈老师的地址。我冒昧寄去了拙作，并附上一封信，怕给他添麻烦，让他单独看其中有关褚问鹃的两篇文稿，其余的可以忽略。所以，我这次想当面求教一下。陈老师说书收到了，只是他对褚问鹃确实不了解，以后有资料可以给我提供。现代文学研究专家都对褚问鹃感到陌生，更激发了我对这一人物做进一步挖掘的意愿。

回到自己房间，见对面李传新老师的房间有客人，又走了进去，见到了闫进忠老师和刚刚喝完酒回来的王稼句老师和徐玉福兄。玉福兄总是相机不离手，乘大家热烈交流之际，频频按动相机快门，摄下了书友们一个个神态各异的表情。

这次有幸与玉福兄同住一个房间。他主编的《悦读时代》，我一直很喜欢，曾经在博客中加以赞美。此刊也是我了解历届全国读书年会的主要信息来源，也蒙他不弃，刊发过本人的贺词拙字和参加读书年会笔记，可惜因故停刊了。这次，玉福兄将他的大作《妈祖庙宇对联》赠予我，才知道早在 80 年代，他就开始利用业余时间收集、整理、创作和研究国粹——对联，并加入了中国楹联学会，而他本人却是位标准的理工男，高级工程师。目前，他在工作之余，撰写中国书斋对联等系列文章。

三、高规格的开幕式

第二天早上，由于正值交通高峰期，大家从宾馆徒步去张掖图书馆。一路上看到有木塔寺和西夏国寺的古建筑，打算抽空去逛逛。在演会中心广场上，书友们三三两两地在交流，不时合影留念。我们浙江的书友这次一共来了十三位，是参会人数最多的省份，合影时，又把来自上海复旦大学的倪建明老师拉了进来，因为倪老师也是我们老乡——嘉善西塘人。

开幕式开始前，拍了张集体照。负责现场指挥的这位老兄，像训练士兵一样地指导着大家拍照，其夸张的表情，让人忍俊不禁。

走进演会中心，大家对号入座。本次读书年会，由张掖图书馆承办，当地党政领导均有出席，让年会的规格提高了不少。开幕式上，除了领导们的发言，让人印象深刻的，是小学生们的现场诵读国学经文，虽然与传统的诵读相距甚远，但孩子们通过这样的活动，已经有了传统文化的络印，若干年后，相信在他们中间定会孕育出若干个读书种子，也由此可见张掖举办方的良苦用心。徐雁教授关于全民阅读的报告会，主题鲜明，深入浅出，配上图文并茂的大屏幕 PPT，让人对全民阅读有了更进一步的认识。其中谈到各地民刊在全民阅读中的影响，好多民刊我是第一次知道，也庆幸被介绍到的有特色的几本民刊我都有获赠，如《水仙阁》《越览》《梧桐影》等。

黄岳年馆长可以说是这次年会的执行主席，一直在忙前忙后，但却很低调地在台下忙碌着，没有上台发言。说来惭愧，本人之前并不认识黄馆长，最近湖南作家甘建华先生出了本文史笔记《柴达木文事》，将我和黄馆长一前一后写进了他的笔记条目中，我才开始关注起他。其实黄馆长早已在读书界声名显赫,他学识渊博,涉猎广泛,著作甚丰。去年他刚从一所中学副校长被提拔到张掖图书馆任馆长,就申请主办全国民间读书年会,可见其办事魄力!这次的年会据说是接待人数最多的一次,会议期间安排了很多活动,但看起来井井有条。

四、走进张掖图书馆

下午在张掖图书馆,同时举办几个活动。我们来到主会场,会议有王稼句老师主持,甘肃省图书馆领导也到会发言。这里先后进行了若干场活动,依次是《我在书房等你》新书发布会、读书类报刊建设研讨、网络环境下读书型城市的建设、非虚构文学与真人图书等专题发言。台上是你方唱罢我登台,台下则开启了抢书模式。

本来主办方在会场上辟出一角,用于各地图书、刊物的交流,我也托图书馆工作人员把我的拙作放在那里。刚进去时,工作人员说现在不能拿,等会议结束时发,我们则老老实实坐着开会。会议期间,确实有工作人员陆续发着书,《我在书房等你》《津门书韵》人手一本。但不知什么时候,展区开始乱了。见好多人在拿书,自己也憋不住过去拿了几本。我对文史类资料最感兴趣,拿到了《张掖市甘州区文史资料》《张掖民间宝卷》(一套3本)《居延汉简中的张掖乡里及人物》《袁定邦诗文集》《诗意甘州》《水韵甘州》。民刊本来就不多,很快就拿完了,我拿到一本《泺源》,第一次见这本刊物,由海东文化出品,偏重于山东济南的地域文化,印得非常考究,刊名还是周退密先生题的。

大家开始拿着《我在书房等你》找人签名。我则去了图书馆的另外几个会场转转。倪建明老师在用PPT给读者讲《中外藏书票欣赏》,陈克希老师在给读者讲旧书期刊鉴赏,徐雁老师在给图书馆代表作专题研讨。

我楼上楼下转了一圈，每一层走廊上都坐满了读者，有的在复习，有的在看书，有的在写着什么，读书氛围颇浓。底层在进行图书展销，展区的墙上是崔文川老师的藏书票精品展。

回到会场，大家在忙着打包寄书。想着自己还要游玩几天，带着书出行实在不便，也选了邮政邮寄。

临近会议结束，我坐在后面，边上一位中年男子与我攀谈，我问他是哪里的，他说是张掖当地的，他说他是袁定邦的孙子。我马上想起刚才我拿到的书中就是《袁定邦诗文集》，可惜我已经打包寄走了。一旁的周音莹忙拿出书来让他签名，我则让周音莹帮我们合了个影。袁定邦，张掖人，30年代起在张掖从事教育工作，曾拒绝马步芳委以青海省政府秘书职务，新中国成立后先后担任张掖县文化馆馆长、图书馆馆长等职，于1974年病故，终年75岁。袁定邦先生是张掖文化的代表性人物，他了解张掖，懂得张掖，深知张掖的方方面面，也写了很多有关张掖的文字和诗歌，著有《抱坚轩诗》。这次张掖图书馆赶在全国民间读书年会上推出这本诗文集，让全国的书友借此了解张掖，了解张掖文化的代表性人物，可谓是年会的一大成果！而我有幸见到袁定邦先生的裔孙，也是参加本届读书年会的一大收获！

晚上，大家在演会中心，观看了歌舞《甘州乐舞》。这是张掖市汇集本土文艺人才倾力打造的一台歌舞节目，旨在通过"诗、乐、舞"这种形式宣传甘州的历史，弘扬甘州的文化。整台演出，气势恢宏，美轮美奂。但作为舞台艺术，个人觉得还有打磨的空间，演员的表演还有待提高。

五、从丹霞地貌到康乐草原

会议第二天，安排了代表外出考察。第一站，前往临泽县的丹霞地貌国家地质公园。虽然之前我看过同属丹霞地貌的江西龙虎山和浙江的江郎山，但看到这里的丹霞地貌，我还是被震撼到了！在起伏的山峦上，好像被人为地涂上了赭红色的油漆，色彩斑斓，纹理清晰。大家都不管西北的太阳是何等的灼热，纷纷登上高坡，拍照留念。眺望四周，连绵不断的丹霞地貌，造型奇特，气势壮观！不由得让人叹服大自然的鬼斧神工！

按科学的解释，丹霞是指红色砂砾岩经长期风化剥离和流水侵蚀，形成的孤立的山峰和陡峭的奇岩怪石。张掖的丹霞地貌发育于距今约二百万年的前侏罗纪至第三纪。但中国申报世界自然遗产"中国丹霞"中的六个地方，张掖并不在其中，这对张掖来说是比较遗憾的。

由于长期的风化，很多彩色山丘的土质已经开始沙化，人踩上去，土就松垮，长此下去五彩斑斓的山丘将不复存在。为了防止人为的破坏，景点中很多地方用绳子圈了起来，不许游客进入，违者罚款。但还是有游客跨过绳子去拍照，管理员只能远远地大声呵斥，阻止游客。

途经一座灰色砖木结构的建筑，与这片寸草不长的丹霞地貌显得不是很协调。导游介绍说是张艺谋当年拍《三枪拍案惊奇》时搭的景，被保留下来了。

丹霞景区对于读书界大腕们的到来非常看重，早已准备好笔墨，让名家们在欣赏美景之余，不忘留下珍贵的墨宝。而早在昨天下午的会议期间，景区就组织了一帮年轻人，在会场上见谁逮谁，要求为张掖的丹霞题几个字。而每到一地都有人求题字，成了这次张掖读书年会上的一道风景。

离开丹霞景区，前往肃南县的康乐草原。一路上，丹霞地貌随处可见，但显然与景区中的地貌又有所不同，奇峰峭壁，突兀高耸，嶙峋怪异，在当地被称为冰沟丹霞。

本来安排中午到康乐草原吃午饭的，不料行车途中接到通知，因去康乐草原的山道有一处塌方，造成道路堵塞，大巴通不过。为安全起见，黄馆长果断提出折返到肃南县城去吃午饭。由于旅行社方面也在帮助协调，半道上又接到通知，道路畅通了。于是，再次掉头去康乐草原。此时已是下午二点多，大家还没吃上中饭，肚子饿得咕咕叫。有代表拿出一包苏打饼干，每人分发一片充充饥。由于塌方的山口还在抢修中，人是可以通过，但大巴显然有些困难。大家提出步行过去，得到允许。三辆大巴上的人，呼啦啦涌出车门，顶着灼热的阳光，在凌乱的山道上，浩浩荡荡，十分壮观。

拐过山口，大巴也跟过来了。上车后，大家发现，眼前的绿色一望无际，草原到了！刚刚寸草不长的丹霞地貌，才转个弯，就是一大片绿油油的草原，大自然真是神奇！

置身绿色的海洋，大家的情绪一下子兴奋起来，早已忘了旅途的疲惫。到了裕固族赛汗塔拉景区，首先是一个隆重的欢迎仪式。裕固族小伙子和姑娘们唱着歌，给每位游客献上洁白的哈达，再请你喝上一碗青稞酒。

终于可以吃上饭了！大家围着一个长方形桌子，坐在木沙发上，十个人一桌，几盆冷餐和点心，还有酥油茶，以为就这些，也是因为肚子确实饿了，很快就消灭掉了。没想到，后来陆陆续续上来了手抓羊肉、血肠、肉肠等大餐，吃到后来都吃不下了，可菜还在上。

由于吃的时间有点长，好多人不等吃完就出去拍照、游玩去了。高山草原的景色确实漂亮！层层绿色，向远处铺开去，铺开去，顺着山势，连绵起伏，层次分明。不远处的山坡上，生长着更深绿色的树林，与周围的群山有着强烈的对比，再配以更远处的祁连山脉，衬着蓝天白云，那种只有风光片中才能看到的景色，就这样立体地呈现在大家的眼前，有点像新疆天山，有点像瑞士雪山。这么美丽的地方，之前我怎么闻所未闻？

这次读书年会，当地媒体非常重视，一直在跟踪报道。甘州电视台不失时机地采访起坐在外面亭子里休息的曾纪鑫老师。曾老师毕竟久经沙场，面对镜头，侃侃而谈，一条就过。我看稍加整理，就是一篇《甘州印象记》。

回去的途中，征得司机师傅同意，我站在他的边上，因为这个位置视野开阔。我向司机师傅提出，能否在路过的红军雕塑地方停一停，有人也向导游提出了这个要求。

这是"红西路军马场滩战役遗址"，据史料记载，1937年1月，战局骤变，红西路军在经过一连串的苦战之后，因敌众我寡，弹尽粮绝，只好退向祁连山腹地，在缺衣少食没有任何给养的情况下，遭到马步芳部队前追后堵的袭击，马场滩战役即其中一战，伤亡惨重。

康乐草原，除了美丽的风光，还有厚重的历史。

六、申办下届民间读书年会

回到酒店，年会组委会决定，考虑到明天有很多人要先行离开，利用晚餐时间，把本应明天下午闭幕式上的下届年会申办程序提早进行。在2013年上海举行的读书年会上，我已领教申办的激烈程度。这次诸暨的周音莹已准备了两年，志在必得，但同样有很强的竞争对手。第一个自告奋勇上去竞争的是倪建明老师，他是受上海复旦大学图书馆馆长陈思和先生的委托来竞争的，但他也表示，今年不行以后再争取。哈尔滨萧红研究会的章海宁也参加了竞争，我个人觉得他们是有能力办好年会的，如果不出意外，后年一届非他莫属。萧山图书馆孙馆长也早就跃跃欲试，早在之前浙江书友团的微信群里，她就提出了这个想法，他们的申办理由是来新夏先生是萧山人，希望能够借助纪念来老的活动来承办明年的年会。面对这么多的竞争对手，显然让周老师急了，本来她是准备了PPT的，没想到这个程序提前，好在教师出身的她，表达能力还是强的，只是情绪有点激动，申办的意愿强烈，话说得多了点，而且两度上去陈述个人的申办意愿。作为一名小学老师，业余时间全部放在读书这件事上，组织社团活动，办刊物，组稿，联络，写作，去年申办失败，今年再战，其精神就足以让人感动。所以到后来，连竞争对手萧山的孙馆长也主动放弃申办，支持诸暨。结果不出所料，诸暨以绝对票数获得下届读书年会主办权。

晚餐后，张掖书友张恒善先生来到我的房间，说昨天看了我送他的《从黄金时代走来》一书，对书中写到的人物如丰一吟等他也很关注的，有的还有书信交往。恒善先生在我眼里就是一个纯粹的读书人，彬彬有礼，谦卑和善。我后来才知道，他是甘州电视台的台长。正说着，原《今日阅读》的责任编辑江少莉和她的先生也进来了，因我答应送她一本拙作，他俩今晚要提早离去，临走前与她的大学导师徐雁教授道个别。他俩现在都是北大在读博士，也是北大耕读社的成员，她先生还给我看了他身上穿的耕读社的T恤背面印的字："晴耕雨读，陶养心灵，圣贤为伍，师友同行。"

七、半城芦苇半城塔影

会议第三天上午游览了湿地公园和大佛寺，让我们领略到了古甘州"半城芦苇半城塔影"的自然历史风貌，在大西北还有这么一大片水草丰美的湿地，真是难得！我这才知道，去图书馆路过的西夏国寺，就叫大佛寺，始建于西夏崇宗永安元年（1098），距今已有九百多年历史，是全国仅存的四大皇家寺院之一，全国重点文物保护单位。和汉传寺庙不同的是，走进大佛寺门，直接就是主殿，全木质结构，木门上的彩凤依稀可见，梁上的佛雕栩栩如生，还残留着镀金痕迹。走进大殿，迎面就是一尊长二十米的大卧佛，微睁双眼，面容安详，令人肃然起敬。因大殿狭长，空间有限，令卧佛的视觉效果很震撼！卧佛的后墙上，有着九百年历史的壁画，而西游记的壁画，又有着张掖的地方特色，据说猪八戒是张掖人士，所以猪八戒是西游记的主角。后一进是藏经楼，如今已经改为博物馆。很多的稀世珍宝，有点看不过来。

在小卖部，见株洲的舒凡女士买到了一本《山丹志》，出于对地方志书的偏好，我也想买一本，可惜没了。我又在橱窗里巡视了一下，发现角落里有一本墨绿色精装本《重刊甘镇志》（〔清〕杨春茂著），是1995年重新点校本，纸张超好，原价出售，65元，立马买下。

本来我们浙江的几位书友约好下午出发去敦煌，但考虑到周音莹是下届主办方，缺席闭幕式显得不礼貌，大家都陪她留了下来。

下午举行了简短的闭幕式。当这届东道主黄岳年馆长与下届东道主周音莹老师握手致意时，第十四届全国读书年会也就圆满结束了。

闭幕式结束后，黄馆长又带大家去参观了旁边新建的张掖市美术馆，我发现有一幅国画《小河水暖》，是原嘉兴画院院长、嘉兴市美术家协会主席张谷良先生的作品，虽然我不认识张先生，但在异地看到家乡人的作品，还是感到很亲切。之后，黄馆长又带大家先后参观了始建于唐代的西来寺、始建于清代的南华书院和总兵府旧址，后者也是张掖图书馆老馆所在地，是清初张掖籍武官高孟的司衙府第，现存两座殿堂和一个四合院式后楼，飞檐雕柱，还有精美的砖雕，很气派的一座建筑，目前还在修缮中。

晚上在"孙记炒炮"用餐，看店名不得其解，走进店中见一广告墙才知："炒炮者：曰炒面、卤面、炮仗，合谓之炒炮，亦一种饮食文化也。"吃个面也这么有文化！当然，餐桌上已不仅仅只有面食了。席间，王稼句老师邀请我们晚上一起到图书馆，参加一个跟当地书友的见面会。

本来王稼句老师应该是本场书友会的主角，他又喝了酒，以为会纵情发挥，我们也正好领略一下他的演讲风采，没想到他把彩球抛给了其他人，看来酒没喝尽兴。倒是张掖的书友给我留下了很深的印象。他们这个书友会遍布甘肃各地，今天是他们的一个线下活动，参加的书友来自各行各业，有公务员、教师、学生、个体户、退休工人等。我发现一个有趣的现象，很多是与家人一起来的，有的是夫妻，有的是兄弟姐妹，有的是爷爷带着自己的孙子孙女来。张掖因为有了他们这群纯粹的爱书人，才使得这座西北文化古城书香四溢，历久弥新。

读书的西施更美丽

去年张掖读书年会上，第十五届民间读书年的主办权花落诸暨，组织者又是我们蠹鱼四友之一的周音莹老师，本人又被荣幸地列为会议联络人，自然是支持加期待。不料原定的举办时间因故推迟，待时间再次确定下来后，我最担心的事还是发生了。读书年会的举办时间与我之前答应人家的第三届昆山巴城重阳曲会撞车了。昆山巴城现已是公认的昆曲源头，此次曲会规格颇高，由当地政府和中国昆曲古琴研究会联合主办，全国二三十家有一定影响力的民间曲社均在受邀之列。我们嘉兴玉茗曲社也是第一次受邀参加这样的昆曲盛会，所以早就报名并准备了相关的参会曲目。在曲会举办还有一个多月的时候提出变更，有点说不出口，因为9月份我刚具体负责承办了首届嘉兴曲会，深知主办方的不易。但看到音莹的为难，我又不忍辜负她的美意，权衡再三，我决定还是赴诸暨之约。昆山那边，我征得主办方的同意，临时换人参加。

一、书友喜相会

从嘉善到诸暨，高铁2个多小时，开车也差不多时间，想到要带点书，还是开车去。作为会议联络人，似乎应该比别人早到才对。二十七日上午十点多到了年会举办地——同方豪生大酒店，以为能挤进前三，音莹告诉我只能做老五。同为联络人的建德新宇兄，比我早一个小时到，但因为房间还没腾出来，我们只能在大厅等。同样在大厅等的还有昨天来的西安武德运先生，武先生是去年张掖年会上认识的，之后我们在电邮上交流过，并赠我其大作《作家笔名趣谈》，看得出他在这方面确是下了不少的功夫。

浙江古籍出版社在大厅里摆起了摊位，印象中浙古出了不少好书，尤其是"浙江文丛"，洋洋大观五百余册，但这次展出的古籍类的书很少，反而是少儿读物居多。我和新宇兄各挑了几本张岱的文集。

因为大多数参会代表之前都去萧山图书馆参加来新夏先生逝世三周年的纪念活动，要到下午才能前来，故在我之后，上午只有季米兄和曾纪鑫老师前来报到。

中午的餐桌上，认识了音莹的师兄、诸暨浣东小学的校长钱堉老师，热情好客，以淳厚绵软的同山烧拉近了与大家的距离。

下午四点三十分，萧山图书馆的一辆大巴车载着大队人马前来报到，坐等了大半天的志愿者美女们终于开始忙碌起来。

待大家安顿后，我和新宇兄先去拜访了阿滢兄。今年和子仪一起策划的"柳洲文丛"，就是由阿滢兄牵头组织的，列入了他的"琅嬛文库"第八辑，目前正在加紧校对中，争取年内全部完成送审。阿滢兄凭借一己之力，出书编刊，还要外出参加各种会议和活动，看到他总能让我肃然起敬。

而后又去拜访了李传新老师和李树德老师，他们住一个房间。李传新老师是读书年会的元老之下，一届不落，今年夏天我在深圳培训，得到了他的热情招待。说起那天寻找饭店的经历，他说不好意思，我却觉得很有意思，吃什么不重要，怎么吃才有趣。李树德老师我曾经得到过他的帮助，年初在编辑《蠹鱼》第二辑的时候，因为一篇英文稿的翻译，我曾求教过他，本来想让他作为译者，他却表示不要出现他的名字，可见他的高风亮节。

晚上跟着笑我兄又去了陈克希老师的房间，一房间的人，只有一张陌生面孔，凭感觉应该是严晓星老师，经确认正是他，被笑我兄调侃道："哎呀，你怎么连严晓星老师都不认识啊，大名鼎鼎的古琴专家啊！"其实我知道他来，还特地带了他的大作《梅庵琴人传》请他签名的，下午我在大厅恭候大家的到来，只走开一会儿，他就来报到，又悄然上楼去了，没遇到。此时他也知道了我就是下午在群里喊他的那位。他与笑我兄认识较早，比较熟悉，两人一直借机调侃对方。我同时请宁文兄在他最早的两本《开卷闲话》上签名，他签好后建议我请在座的各位也签上大名。此时严老师说了一句经典的话："某人请 ***（一位艺术家）合影，*** 又召唤大家一起来合影，结果此照片就不值钱了。"说者无心，听者有心，像严老师这样的名家跟在座的签在一起，是不是会降低他的身份？宁文兄说那除了你不签，其他人签。不过最后大家还是勉为其难都签上了。签名的有：董宁文、陈克希、许新宇、周晨、上官消波、周音莹、笑我、严晓星。音莹也请大家在笔记本上写段话，笑我兄最后写，他率性地趴在床上，一笔一画地写着。严晓星老师的机会来了，他拿出手机，对着低头写字的笑我兄一阵猛拍，为了一个绝佳的角度，他竟然双膝跪地，一脸的膜拜状。我忍不住把他们俩平时难得看到的状态都拍了下来。

二、精彩纷呈的一天

第二天早饭后大家到酒店门口签名、合影。步入开幕式会场，以前十四届读书年会的展板吸引了大家。另外吸引大家的，还有会场上的民刊展台。今年展出的民刊品种不多，但也不乏新创刊的民刊，如《大树》《太阳花》《微南京》《太虚》，还有我们的《蠹鱼》。

开幕式比较简短。精彩的是接下来的主题论坛《读书民刊的审美价值及读书民刊与地方文化的相承》，主持人周立民老师说为了节省时间不点名了，请大家踊跃上台发言。第一个上台发言的是《温州读书报》的编辑何泽女士。这份读书小报创刊20周年了，能坚持这么多年不容易，而且质量也不错。紧着上台发言的有《易读》编辑张宽路、《梧桐影》主编夏春锦、《问津》主编王振良、《微南京》主编张元卿、《名堂》主编刘涛、《琅嬛》主编阿滢、《包商时报》"书声"专版编辑冯传友、呼兰河读书会负责人章海宁（萧红纪念馆馆长）、《太阳花》发行人罗烈洪（徐志摩纪念馆馆长）、原《清泉》主编张阿泉。本来我就准备做个听众的，但听到周立民老师在点我的名，我想应该是我们今年推出《蠹鱼》的缘故。因为没有准备，我就上台讲了我们蠹鱼四友办刊的初衷和办刊经过。我讲到了我们的刊物与别的民刊不同的几点：每人主编一期、每期一个文化人物研究专题、自费刊印发行，也希望大家对我们的刊物提出批评和建议。由于准备不足，我忘了要感谢几位师友对我们的帮助，比如崔文川老师帮我们设计封面、寿勤泽社长为我们篆刻了一方印章，还有其他几位师友，借此文一并表示感谢。

会议间隙，我特地带了本《上书房行走》让韦力先生签名。此书曾在深圳见过，当时韦力先生在深圳书城举办此书的新书分享会，本来是有机会与韦力先生共进晚餐并参加他的新书分享会的，只是当天因去了饶平走访，路上耽搁了时间，错过了这次会面。得知韦力先生出席本届年会，便在网上购得此书，没想到书的主人在书上写了一段话，正是我在深圳这天的下一天，韦力先生去珠海举办新书分享会，而这位珠海书友也因故没能到会，错过了签名的机会。现在这本书到了我的手里，又有了韦力先生的签名，也算成就了一段书缘。

下午的会议有三个议程：一是"西施文化之我见"；二是《蠹鱼文丛》作品探讨；三是下届读书年会申办。第一个议程因我去得较晚，只听了个尾声。第二个议程涉及策划人、出版人、作者，内容比较丰富，也是争议比较多的一个议题，但更多的是给予了肯定和鼓励，认为浙江古籍出版社这套丛书无论从定位和装帧都有耳目一新之感，王稼句老师当场表示将专门撰写一部新的书稿提供给第二辑。这套文丛的问世，我应该是最早的见证者之一，春锦和音莹早在去年年会前就已在酝酿这套丛书，年会后我们四人在几次结伴同游寻踪访旧时，就大家共同感兴趣的话题，确定了各自的写作方向和联合办刊诸事，而他们俩也在同时就这套丛书紧锣密鼓地进行着，他们去苏州、南京、杭州找王稼句、徐雁、董宁文、寿勤泽几位老师征求意见、商量出版事宜时，我都在场。所以现在丛书呈现出来的结果，是在我的意料之中的。只是我觉得一套丛书只有四本，数量上单薄了些，以致给人的印象是定位不是很明确。还有人质疑"蠹鱼文丛"与书的内容不是很贴切，其实这个不过是借用我们去年立冬日成立的"蠹鱼书坊"的字号而已。

第三个议程也是历届年会最精彩的部分，今年共有三个城市前来申办，一个是郑州、一个是哈尔滨，一个是苏州。虽然听起来大家都志在必得，但给人的印象还是过分强调城市的重要性，而忽略了召开年会的本质需求。由于竞争激烈，现场暂时不表决。其实我个人更看好哈尔滨，去年年会上我就这样预测，经常从章海宁先生的微信上看到，他们的民间读书活动搞得红红火火，完全有能力承办一届民间读书年会。当然，本人也非常向往去哈尔滨一游。呵呵！

晚上，与会代表乘坐大巴前往西施大剧院观看"北承杭州，读在诸暨"朗读晚会。想不到诸暨这样一个县级城市，大剧院却造得如此大气！拿到节目单我才知道，今晚的朗读会由诸暨市人民政府和浙江省朗诵协会共同主办，规格颇高，而且还邀请到了著名朗诵艺术家瞿弦和先生，可以说我是从小听他朗诵长大的，今天却是第一次现场聆听。还有一位是浙江省朗诵协会会长刘忠虎，他一出场我就认出来了，原来就是杭州西湖明珠电视台的主持人。两位的朗诵确实棋高一着，尤其是瞿弦和朗诵的流沙和的诗《就是那一只蟋蟀》，完全是教科书式的朗读范本。瞿弦和介绍说他是半个浙江人，因为母亲是嘉兴人，让我立马有想认他做亲戚的冲动，呵呵！让人印象深刻的还有一位企业家朗读他自己写的励志文章，最后五个字惊爆全场，只能说：牛！两位读书年会的代表周音莹和张阿泉也合作了一首朗诵作品，居然颇有专业水准。用这么一台独具匠心的朗诵晚会来宣传诸暨，这其实也是一种文化自信的表现。

三、喜获"王冕石"

第三天上午，全体代表去诸暨图书馆听韦力先生有关明代版本的一个讲座。我因为要先送陈子善老师去高铁站，后来导航又把我导到老的图书馆，找新馆又找了很长时间，讲座只听了一个尾声，加上平时也不接触明代版本的书，感觉就像初中生听博士生的课。希望有时间看看韦力先生这方面的书补补课。

最后是落实明年读书年会的举办城市。此前，组委会已经就各主办城市的申办方进行了一番沟通，基本已经有了明确的答案。主持人徐雁老师请发言人冯传友先生上来传达组委会的意见。能说会道的传友老师把三个城市都夸了一遍，各地的优势都做了陈述，最后表示郑州的领导比较重视，这次专门前来申请，相信他们能够办好下一届，而之前比较看好的哈尔滨就留到后年再争取。大家鼓掌通过。诸暨周音莹和郑州马国兴上台握手完成交接仪式。本届年会所有议程全部结束。

在办理交接仪式的时候，有位书友与春锦兄打招呼，春锦兄叫他"宣老师"，我就知道他是诸暨书友宣赵建老师，我们互加了微信，但从未谋面。我起身跟他打招呼，并做了自我介绍，他马上坐到我身边，从包里掏出两个透明塑料袋，里面分别装着印章和石挂件。他说这是"王冕石"，已经打磨过了，并随手送给了我。王冕，诸暨枫桥人，元代著名画家、诗人、篆刻家，"枫桥三贤"之一，以画梅著称，又能治印，首创花乳石刻印章，所用花乳石即为产自枫桥赵家一带的"叶腊石"，故又称"王冕石"。看着形态各异的"王冕石"，真是满心欢喜！宣老师说因为家里有事，这几天就没来参加年会，见会议即将结束，就先告辞了。能够大老远赶来见见外地书友，并以礼相赠，绝对是真正的爱书之人！

四、在张爱玲到过的小山村里寻寻觅觅

下午参观斯宅。斯宅，曾经吸引我专程驱车前来探访，这里的"千柱屋"面积之大，保存之完好，细节之精美，令人赞叹不已！而建于后山上的笔峰书院，是斯宅人耕读传家的历史见证，这里实在是个读书的好地方，古木参天，鸟语花香，远离尘嚣，与书为伴。当时还看了附近

的几处老宅，面积虽不及"千柱屋"，但也各具特色。但当时没去华国公别墅，也不知道张爱玲为寻夫来过此地住过的小洋楼，这次乘年会之际一一补上了缺憾。

大家对张爱玲住过的小洋楼的兴趣，似乎远远大于"千柱屋"。因为在检修，小洋楼没对外开放，大家似乎有点失望，纷纷在门洞里瞅上一眼。有人坐在门口石阶上歇了一会儿，大家开玩笑说这是在等张爱玲。于是，索性拍照留念。音莹通过熟人，找到了管理员，帮大家打开了门。我们就直奔二楼"张爱玲屐痕处"，胡兰成避难的阁楼还完好如初。坐在阁楼窗口处，体会一下胡兰成当时的心境，恐怕并不是个别人的想法。而窗外的乡村景象，让人更对张爱玲当年在兵荒马乱之中，从上海一路车马劳顿赶到这个小山村寻夫不遇，多了一丝怆然。

离开斯宅，整个年会的活动也算结束了。短短两天，活动丰富，意犹未尽。诸暨因为这个读书年会，让更多人了解了诸暨，了解了西施，西施俨然已是诸暨的一张漂亮的名片。但诸暨并不只有西施，王冕、杨维桢、陈洪绶这些古代文化先贤的艺术成就和精神风貌，同样让人敬仰。如果说西施是诸暨的城市象征，那么加上书香之气的西施就更加美丽动人。

成都见闻录

一、感受书香成华

2020年10月15日下午15点30分，飞机准时降落在成都双流机场，我即联系第十八届全国民间读书年会组委会接待小姐，她让我在机场B口等候。我没见到什么B口，却见到了阿滢夫妇也刚从出口出来，后又见到了姜晓铭兄和陈克希老师。陈老师说是晓铭兄特意从泰州到上海陪他来的，他因为糖尿病导致视力不佳，需要有人引导。晓铭兄说回去需要找人陪陈老师，他另有事，我说我回上海，可以陪陈老师，晓铭兄见找到了接班人，心事一落。

我们五人由组委会安排一辆车，来到入住的希尔顿欢朋酒店门口，负责本次年会的毛边书局主理人傅天斌兄前来迎接。为了这次年会的承办，傅兄已忙碌了很久，前几天还在群里透露，凌晨2点多还在工作，实在辛苦！

我被安排与朱晓剑兄一个房间，这位高产作家也是个忙人，同住的两天时间里，我们却很少碰面，他每夜忙着招待各地书友，回来都已是子夜时分，而我不喜应酬，早早就入睡了，以致想让晓剑兄在他的书上签个名的事，都因他最后一晚回家住而没能实现。

当晚的"阅读之夜"上，书友间的交流，似乎比台上的文艺表演更热烈。坐在我边上的陈克希老师向我普及毛边书知识，从外国讲到中国，让我对毛边本有了新的认识，瞬间觉得自己以前让人做过的毛边本根本就拿不出手的。川剧变脸演员一上场，便吸引了全场的目光，一个个变脸动作令人眼花缭乱，当演员走下台来，我用手机近距离对着演员的脸，眨眼之间，瞬间变脸，我还是看不出个所以然来，真是神奇！

想到接下来的两天时间里，自由活动的时间不多，我便提早离席，打的去了宽窄巷。

晚上十点的宽窄巷，依然灯火通明，窄巷口的买卖吆喝声此起彼伏，三大炮的敲打声如鼓点般撞击着人们的耳膜。街巷两旁的建筑，呈现着成都特有的风貌。巷子里的网红书店"见山书局"，很显眼地陈列着很多成都历史文化专著，而"三联韬奋书店"因店面藏得太深，时间太晚，就懒得进去了。

第二天一早在餐厅，见到了仰慕已久的龚明德教授，他就坐在我的对面，一旁的阿滢兄给我们做了介绍。没想到龚教授居然拿出年会发的笔记本，要让我写几个字，让我有点不知所措。应该是我让他题写才对啊！恭敬不如从命，我便写了"久仰久仰"。因一激动，"仰"字多写了一点，我忙说写错了，龚教授宽慰我说没事，书法上也有这样的写法。我签了自己的笔名，他还要让我再写上大名。我把《分湖》创刊号送给他，请他提提意见，他翻了翻，说编得不错。因有人来跟他合影，找他签名，我们就没继续聊下去。我后来有点后悔，这次功课做得不好，没把龚教授的书带去找他签。

16日上午的活动是去毛边书局桃蹊书院参加《政府与民间文化服

务机构的融合、创新、发展》主题论坛活动。活动前，邻座的来自贵州安顺文联的姚晓英主席热情地招呼我，问我哪里的，我还自作聪明说安顺我知道，那里打过很著名的一仗，姚主席连忙纠正我，说很多人搞错，我们可是黄果树的故乡安顺市，不是那个安顺场。然后她给我介绍他们那里搞得轰轰烈烈的全民阅读活动。姚主席后来还作为嘉宾被活动主办方邀请上台发言，更详细地介绍了他们的全民阅读活动。

会议前，马国兴老师走过来，赠送了我两本书，一本是《我曾侍弄过一家书店》和去年的年会结集《书香郑州》。因我去年没参加郑州举办的年会，与马老师也没打过交道，但对马老师并不陌生，2017年诸暨年会上在争取举办下一届年会时，我们都看好哈尔滨，结果他所领衔的郑州队成了一匹黑马，最终拔得头筹，这才对他有了进一步关注。知道他曾在郑州三联书店工作，办了一张手抄报《我》，持续了十五年，现在是《小小说选刊》杂志社副总编，近年还出了不少书，《我曾侍弄过一家书店》就是其中一本令书友津津乐道的作品。小时候自己就喜欢往对面的书店里跑，非常羡慕店里的营业员，工作轻松，还可随心所欲看书。曾经的店员写书店的书，是书友喜欢看的书。

会议间隙，我起身方便，来到楼下，看到书院门口已摆起了旧书摊，这是活动方特地为了这次年会准备的一个环节——"十二月市·桃蹊书荟"开市仪式，每位代表还领到100元购书券，这是历届年会所没有的福利。我看中一本《川剧志》，要价30元，正好可以用一张10元书券，可是摊主说不知道此事，走过去问其他摊位，正好傅天斌局长在，跟摊主确认后，表示还没开市，等会再用。我让店主把书寄存一下，刚想上楼，见有人已经在用书券购了书，我便过去跟店主说他们用了。于是，拿了书，给了券，付了款，继续上楼开会。

会议结束，代表们都来到楼下书摊，应该是先有个开市仪式，然后再进行购书，但代表们已经按捺不住，任凭志愿者小姐喊破嗓子，耽搁大家 2 分钟时间举行个仪式，大家还是自顾自忙着挑书。好不容易聚拢一些人，才算完成了开市仪式。

摊位上都挤满了人，刚才看到的一些好书，都已让人捷足先登了。志愿者小姐已经在催大家上车了，想到书券还没怎么用，不用白不用，就拿了几本木心的书和其他几本书，摊主也没让我付钱，直接就以券相抵了。上车后发现，还有几张券没用。

下午的开幕式，放在完美文创公园举行，这是成华区政府与完美世界控股集团的一个合作项目，以"工业遗址"为体验中心，致力于打造成华区文创产业综合地标。走进会场，背景墙上滚动播放着代表们事先录制好的祝贺视频："……10 月 15 日，我在成都等你！"但说的人自己爽约了，其实没来的可以不放。看到自己的大头像在会场屏幕上煞有介事地对着大家说话，只想发个捂脸的表情。

会场上放着几本书刊供与会代表随意取阅。我只拿了一本《铸魂——百年乡村阅读》（朱晓剑著），这是四川作家协会 2019 年度全省文学扶持"万千百十"活动重点作品扶持选题。后来毛边书局又拿进来一批《参差物语——毛边书局二十周年纪念文集》（傅天斌主编），虽是自印本，但质量很好，内容也很有看头。

开幕式后全体到室外合影。第二阶段的会议主题是《我与天府学人》主题论坛。嘉宾们提到的几个天府学人都很陌生，但听上去都是极有学养的学者。这样的人最值得让人敬重，从不显山露水，却有真才实学。

二、遇见昆曲

晚宴安排吃火锅。成都的火锅天下闻名，一边吃火锅一边还可看演出。只是我与成都昆曲社官正清社长有约，今晚与他们曲社的曲友来一次小型曲聚，只好提前告退。临走，我托同桌的子张老师帮我把车上的包带回宾馆。走到门口我突然想起，包里有我这次特地带来要送给官社长有关昆曲的书和碟片，但大巴车因为停得较远，不便过来。一位志愿者姑娘知道后，放下正在吃的火锅，主动与我联系车队司机，确定了停车的地方，带我走了有 1 公里多的路。因我走得急，她跟得有点吃力，但没让我走慢点，而是委婉地说："你走这么快是不是很急？"我这才意识到自己的失礼，便放慢脚步，因她们这次都是穿着汉服接待我们，我便跟她聊汉服，聊再过半个月在我们嘉善西塘举行的汉服节。走到停车的地方，见我在车上拿到东西，她才回去吃饭。真难为她了！可惜我没记住她叫什么，记得我问过，她说了一个网名，我没记住，只感觉她很漂亮！

本来我想来到成都，一定要看看成都昆曲社的日常活动是怎样的，我很好奇发源于江南的昆曲，为何能得到成都曲友的喜爱。只因他们的活动安排在星期日下午，而我已买好周日的回程机票，官社长知道后便临时组织了这个曲局。

昆曲自从 2001 年被联合国教科文组织列为"人类口述和非物质遗产代表作"，尤其是白先勇策划的青春版《牡丹亭》在全国各大专院校巡演后，吸引了无数年轻学子，各地的曲社像雨后春笋一样组建起来。成都昆曲社就是在这样的背景下成立的。然而官社长却告诉我，昆曲在成都历史也蛮悠久了，早在清代就有了昆腔戏班。我书摊上买来的《成都市志·川剧志》也印证了官社长的说法，昆腔后来还发展成了川剧的声腔之一——川剧昆腔（简称"川昆"）。

不过现在成都昆曲社的曲友们唱的可是正宗的昆曲，而且唱得非常规范。官社长唱了老生的经典曲目《长生殿·弹词》【一枝花】，嗓音宽厚，情感饱满，准确传达出此曲苍凉、悲愤的情绪。年轻的匡政熙曲友音域更宽，他是唱净生的，一般曲友很少唱净生的曲子，主要还是受嗓音条件所限，而匡生嗓子一亮，就有技惊四座的感觉。同样年轻的赵南辰曲友感觉就是位江南女子，文文静静，嗓音清亮圆润，所唱曲子专挑冷门曲目，一听就是位资深曲友。他们的曲唱水平丝毫不输专业演员，深得曲唱精髓。我还知道他们还会身段表演，彩唱、同期都能应付，甚至还会乐器和鼓板，而他们是这么年轻，对昆曲却这样痴迷且水准如此上佳，令人称羡！当晚，江苏宜兴曲社的年轻笛师钱骁正好也在成都，官社长便请他来为大家撅笛。三地曲友欢聚一堂，唱了一曲又一曲，尽兴而返。

官社长本来约在"遇见"茶楼，因故才换到附近这个没有旁人的茶室。能在成都遇见昆曲，这是一件多么美好的事！

三、《分湖》创刊号亮相读书年会

17日上午的活动才算真正进入读书年会的主题。原定在入住的酒店会场，临时决定到另一个酒店举行。从大巴下来，走进一条弄堂，才看到酒店大门。走进二楼会场，并没看到每次年会书友最想看到的场景——民刊与书友作品交流区。

我和徐志摩纪念馆罗烈洪馆长坐在一起，他在嘀咕，他拿来的《太阳花》直接从印刷厂寄到这里的，他自己也没拿到，不知在哪，我说我带来了《分湖》创刊号也不知放哪好，他让我去交给会场外的志愿者。我出去，见他们在装袋，便把 50 本《分湖》交给他们。不一会儿，见一位志愿者小姑娘走进来，给每个座位上的代表发放《分湖》。见代表们在开会前的空档都在看这本小刊，我心想，志愿者真懂我！

会议有读书年会元老之一的董宁文先生主持，他说这次要让平时较少发言的人多讲一讲，我就这样被宁文兄点到名了。我站起来，讲了我和子仪、张建林三人组建的分湖书社，以及为了参加这次全国民间读书年会，特意创刊了一份读书刊物《分湖》，希望成为长三角核心地区书友读书交流的一个平台，这次带到成都年会上来，除了向民刊前辈致敬外，就是想听听各位专家的意见。

之后，在发言环节就陆续听到了大家对《分湖》的评价。宁文兄在我发言后说，刊物不错，存在的问题都可以很容易解决的，比如纸张太白，封面太硬。另一位读书年会元老之一的李传新老师说，已经很久没有看到专门为读书年会编的民刊了，《分湖》的创刊值得赞赏，并提到了当年他们承办第二届读书年会时，专门编辑出版了《民间书声》一书。每天在朋友圈给大家分享一书一诗的文字学家戴建华老师说，喜欢这样的刊物，看起来容易，放起来不占地，同时也指出了其中文章中的语病，要求民刊注重编辑的作用。我邻座有几位书友递过来《分湖》，要我在上面签字留念。又有书友在会议间隙向我索要《分湖》，说是为朋友要的。《分湖》能够得到大家的认可，我深感欣慰！

在竞争下届读书年会的环节，本来知道杭州徐志摩纪念馆和湖北公安县两家在竞争，但代表公安县的纪曾鑫先生却在这个环节一开始就带着情绪发言表示放弃申办，然后讲了事情的原委。这样，杭州成为下届年会的举办城市应该是毫无悬念了。在这种情况下，当主持人董宁文先生问大家谁有意向申办下一届时，我举手表示要发言。我倒不是要参与竞争申办，我只是想弥补七年前一个遗憾。七年前在上海举办的全国民间读书年会，我其实是带着任务去的。当时我加入了本地的一个书评社，配合图书馆开展一些阅读推广活动，书评社还出了两本书评集。书评社负责人知道有这么一个全国性的民间读书年会，颇感兴趣，表示可由书评社出面，邀请书友们到江南古镇来办一次读书年会。来到上海读书年会后才知，下一届年会的竞争非常激烈，有多个地方申办，而湖南株洲是呼声最高的。一看这阵势，我觉得我们没有任何优势，遂决定放弃竞争，做个旁观者。当时宁文兄知道我的来意，跟我说在会上表个态也行，但我还是不想凑这个热闹。现在我只是响应一下会议主持人宁文兄的建议，同时也想借此代表分湖书社表达一个心愿，什么时候让读书年会到眼下备受关注的长三角核心地区来举办一次，这里的文化氛围较浓，人文资源丰富，书友众多，可以打破地域界限，让三地或多地共同承办。虽然这只是一个愿望的表达，但我觉得这不是不可能的事。

此时我收到建林兄的微信，让我在会上请人题词，说以后《分湖》上可以用。会议已近尾声，我又没准备，只好见机行事。后来在大巴上，在宾馆里，我就见谁逮谁，让他们在会上发的笔记本上为《分湖》写几个字。于是就有了以下题词：

蔡玉洗（文学博士，《开卷》杂志主编）：融汇吴越文脉 追随时代新潮

董宁文（《开卷》杂志执行主编）：江南书香 分湖创刊有感

戴建华（《汉语大词典》分册主编）：祝《分湖》如分湖美

章海宁（哈尔滨萧红纪念馆馆长）：从呼兰河到分湖，好期待。祝福！

陈克希（古旧书标价师、版本鉴定专家）：江南水乡之刊　必蕴细润清气

姜晓铭（报刊收藏家）：书香分湖

阿滢（《琅嬛文库》主编）：分湖书香传万里

龚明德（新文学研究学者、教授）：期待刚创办的《分湖》成为一支民刊劲旅

四、几点遗憾

17 日下午的活动是之前行程上没有安排的，就是去金堂县参加"纪念流沙河先生诞辰九十周年"活动。金堂县是流沙河先生的家乡，流沙河先生的文化地位和学术成就在读书界是一座丰碑，在书友心中有着很高的威望。纪念会上，流沙河先生的夫人吴茂华女士一番深情的讲述令人动容。她说："记得 2009 年秋天，我同流沙河一起参加草原民间读书年会，在包头、呼和浩特和大家相聚，谈诗论文，分享读书心得，留下深刻美好记忆。今天我们又聚集在蜀国成都，可是我的夫君流沙河已在去年溘然而逝，人似秋鸿来有信，事如春梦了无痕。我心里万般疼痛，留下无尽的思念。"我遗憾自己没有参加以前的读书年会，没能在流沙河先生生前聆听他的谈诗论文。

由于活动安排紧凑，纪念活动结束后，就去了一个山庄吃晚饭，也没时间去领略金堂五凤溪古镇的风貌，据说那是成都十大古镇中最原始、最淳朴的一座古镇。

在成都的日子里，正是著名作家巴金先生逝世十五周年的纪念日（10 月 17 日），我们嘉兴作为巴金先生的祖居地，正在进行着一系列纪念活动，读书年会的大咖陈子善教授和周立民博士被嘉兴请去作讲座嘉

宾。成都作为巴金先生的出生地，我很想去瞻仰一番他的故居或其他有纪念意义的地方。问了晓剑兄，他说故居已经拆除了。问了到过成都的子仪，她说："故居那口井可能还在。有一个公园有巴金的雕像。"我便觉索然无味，没了寻访的欲望。

以往参加读书年会，我们"蠹鱼四友"总是结伴同行，今年由于疫情、假期等原因，我独自前往，也就没了年会结束后云游的打算，也便少了很多的乐趣。

看到书友们在微信上晒着游都江堰的照片，尤其是由龚明德教授陪同参观艾芜故居的照片，羡慕无比！

第三辑

少年不识愁滋味

分湖好
归田最是

一

七百年前的一个壬寅年（1302），赵孟頫为客居翰林典籍陆行直家的友人钱重鼎绘了一幅《水村图》，画中"沙洲低峦，远汀断渚，疏林野树，平远幽深，水致细密，渔舟唱晚，意外造境，苍翠空灵"［个厂：《水村图索隐》（商务印书馆 2022 年 6 月第 1 版）］，一派恬淡闲适之田园风光，寄托了画家的归隐之意。

十四年后的又一个寅年，陆行直深知钱重鼎之向往，在分湖畔自己的别墅旁，为其置一卜居小屋。钱重鼎惊喜发现，周围环境与赵孟頫所绘《水村图》十分相似，从此自号"水村居士"。他遍邀名士题咏《水村图》，留下了诸多文坛佳话。此后，《水村图》一再被临摹、重绘，分湖一再被人吟咏、称颂，清代诗人朱彝尊更是留下不朽诗句——"江乡最好是分湖"。

分湖，又称汾湖，地处吴越边界，人文历史底蕴深厚。分湖一带文人辈出，往来频繁，时常泛舟放歌，极尽风雅，留下许多美丽动人的文字和传说。宋朝诗人张尧同有诗云："我本沧浪叟，闲来系钓艎。如何一湖水，半秀半吴江？"元代文学家杨维桢在《游分湖记》中清晰表述："湖东西广袤八里，南北如之。湖分而半：一属嘉禾，一属姑苏，故名分湖云。"著名文史家郑逸梅这样描绘分湖："俯临分湖，仲秋尽染，芦苇萧瑟，烟水苍茫，几叠远岑，隐约如画。"基本就是千年分湖美丽的自然风貌。而柳亚子等南社诗人在分湖一带更是留下诸多传奇故事，他在《游分湖记》一文中首次提出了"大分湖"的文化概念，将分湖文化推向极致……一个自然湖泊，因了这些文人的频频注目，成为一处千古胜景，令历朝历代文人墨客趋之若鹜，赞颂不已。

能在人文荟萃、风光秀丽的分湖边，拥有一处读书、写作、聚会、品茗的私人空间，一直是自己的心之所向。

二

心心念念，必有回响。当陶庄的朋友知道我有这样的想法，很快帮我在汾湖畔的湖滨村物色到了一处闲置的农舍。

第一次走进这个当地人叫作"东港甸"的村庄时，我不由得惊呼："这不就是水村嘛！"一个水域宽阔的河浜，当地村民叫"门前荡"。整个村庄依水而居，河畔农舍鳞次栉比，错落有致，河水清澈，蓝天白云，水鸟不时掠过河面，简直就是一幅立体的《水村图》！河浜在西北角拐了个弯，河中间有座小小的孤岛，岛上草木葱茏，鸭子在水面上欢快地嬉戏，村民们坐在河边的屋前聊着家常，一派祥和宁静的乡村景象。

朋友介绍的农舍就在离门前荡不远的村道边，一幢三开间的平房，许久没人住的房间积满了尘土，堆满了杂物，但透过粗粝的墙体和破败的门窗，我已经有了自己心中的打算。尤其当我看到屋后还带有一个靠河的院子，院里茂林修竹，让我喜出望外！宁可食无肉，不可居无竹。我当场决定租下整幢农舍。

设计师朋友按照我的想法和房子的实际情况，很快拿出了设计草图，基本符合我此次装修的理念：因陋就简，返璞归真。所有屋顶和墙面均不作过分修饰，保持原始状态。因房子建在村道边，屋前用竹篱笆做了一道屏障，美观的同时也增加了私密性。进门玄关处，我用朱彝尊手迹"江乡最好"做了块匾额，既暗扣所在地分湖，又表达自己对乡贤们的致敬。三间房间分别赋予不同功能：会客、休闲、读书或写作。进门的客厅以满足小型雅集为主，喝茶、聊天、唱曲、观剧、K歌，功能齐全，随心所欲。对于客厅的两堵墙面，我倒是花了点小心思。

2018年，我与文友子仪、张建林共同发起组织了一个读书社——分湖书社，旨在向柳亚子先生致敬，传承分湖地方文化。书社成立以来，除了组织分湖地区的书友进行读书和采风活动外，还编印了一本小刊《分湖》，用柳亚子先生手迹作了刊名，意在研究和传播分湖地方文化，至今已出十二期。征得《分湖》编委同意，我把"分湖书社"的牌子与十二期《分湖》封面装裱后一起悬挂在墙上。素雅、简洁的《分湖》封面，与农舍朴实的墙面相得益彰。

我平时好拍曲，也关注和收集本地昆曲史料。2020年得知香港著名曲家顾铁华先生曾向嘉善籍曲家陆济民先生学过几年拍曲后，便与顾先生取得了联系。顾先生出于对陆济民先生的敬重，表示如有机会到嘉兴，愿把陆济民先生赠予他的手抄工尺谱捐赠给我们曲社，让我一直非常期待这一天的到来。无奈三年疫情阻隔了来往。2023年春天开放通关，我第一时间飞到香港，见到了顾先生。在著名昆曲表演艺术家邢金沙老师的主持下，在众多香港曲友的见证下，顾先生把珍藏了近六十年的宝贝转赠给了我们曲社，羡煞在场香港曲友。为了让更多人欣赏到陆济民先生的手抄工尺谱，也为了纪念陆济民先生与顾铁华先生这段珍贵的师生友情，我把陆济民先生的手抄工尺谱中《长生殿·定情》折页，以1：1的比例做了一份复件，用镜框装裱起来，与顾铁华先生题写的"嘉善昆曲研习社"牌子一起挂在墙上，颇有意思。

中间的房间也布置成一处会客、休闲的居所，适合二三知己品茗小聚。改装的落地玻璃窗，使院中的竹林成为房中一景。一台黑胶唱机，配以一对欧式布艺沙发，加上一组木制老家具，这样的混搭毫无违和感，相反透着古朴和清雅。特别是那组老家具，虽然不是什么名贵家具，却是陪伴了我从童年到青春的成长岁月，虽然搬了几次家，却一直没舍得扔掉。如今，坐在落地长窗旁的沙发上，泡上一杯茶，放上一张老唱片，童年记忆如潮水般涌来。

最里间的书房没有刻意去打造，从二手市场上淘来的一组博古架和一套茶桌，放在书房有点不伦不类。但博古架上放上书，茶桌上放上文房四宝，书房的感觉就出来了。三五好友喝个茶聊个天，阳光懒懒地从窗外照进来，那种感觉，显然比坐在客厅更惬意。

朋友中书画家没几个，但不乏文化学者和文史大家，还有昆曲名家，他们的字画可能没有所谓的书画家有名，但却是我喜欢的风格。我把他们赠予的字画装裱后挂在房间各个空间，令陋室增色不少。

三

在设计之初，就在考虑如何命名这幢农舍。最先想到的是"水村草堂"，好像没有比这更合适的名字。但历数过往，这一带的文人似乎都用过"水村"来命名。《水村图》主人钱重鼎隐居在分湖之滨，自号"水村居士";请李含渼重画《水村图》的嘉善人魏坤自号"水村";南社诗人周芷畦曾在水村旧址建"汾南草堂",拟扩建为"分湖水村";芦墟文史学者张舫澜先生书房曾用名"水村草庐"……"水村"已是历代文人心中世外桃源的代名词,我非文人,岂能附庸风雅。我在柳亚子先生编的《分湖诗钞》[柳亚子编:《分湖诗钞》(江苏人民出版社 2009年 8 月第 1 版)]中看到,这个村曾有六名诗人的诗被收入其中,而这个村以前一直叫"绛田村"。我喜欢朱彝尊先生的另一句诗"归田最是分湖好",还用他的手迹做了一个镜框放在书房里自勉。"绛田"这个村名似乎就暗合了这句诗,于是决定就用"绛田居"来命名。

2023 年 10 月,我和文友夏春锦、周音莹专程到长沙看望九十多岁的著名出版家锺叔河先生,看到病后初愈的锺先生坐在床上,写字的手还是那么有力,我斗胆提出帮我题写"绛田居",他欣然同意,一挥而就。

现在,"绛田居"已在汾湖之畔开门迎客,村民们没有被我的冒昧闯入所惊扰,他们的子女大多不在身边,虽也不用下地干活,却仍是过着日出而作日落而歇的日子,没事晒晒太阳,拉拉家常,只不过现在多了个"绛田居"的话题。有朋友来,总喜欢在村子里闲逛,村民们总会介绍他们看一看村里那棵几百年的古罗汉松,那遒劲粗壮的枝干,似乎在向人讲述这个村的前世今生。看到保存完好的村中老宅,总有人忍不住进去东瞧西望,村民也不排斥,熟络后还会给你讲他家的事。

傍着美丽的分湖,坐在绛田居看书写字,感受乡村的四季变化,有屋如此,夫复何求!

(原载《湖区旅游》2024 年第 1 期)

我的同名同姓朋友

常常有人跟我说:"我又在报上看到你写的文章了。"我说这篇不是我写的,他们将信将疑。常有熟悉的朋友打我电话,我听了半天不知所云,马上明白:"你是不是找西塘蒋国强?"对方大笑,知道打错了。这样的误会还有很多,就不一一列举了,谁让我们同名同姓,又气味相投,喜欢舞文弄墨,还经常出现在同一场合。

说起我们俩的认识,还真是名字的缘故。

记得还是 20 世纪 90 年代初,有人拿给我一张小报,上面有一篇署名"蒋国强"的文章,问是不是我写的。当时我十分惊讶,怎么有与我一模一样名字的人也喜欢写作?更惊讶的是,文中流露的情感,他的兴趣爱好,特别是对诗歌的热爱,怎么与我这么相像?文章最后,有作者的单位,于是,我提笔写了封信,把我的这份惊喜做了表达,然后按地址寄了过去。很快,我收到了他的回信,他也同样表达了同样的惊喜,并且跟我约定电话中聊聊,因为他就在电话总机那里工作。当时还是手摇电话机,打电话都是通过邮电局总机转的,而我们的通话,显然可以减少一道环节。

我们就这么认识了。

认识后,我们渐渐发现,两人居然有这么多相同爱好的地方,比如当时我们都喜欢齐秦的歌，我们都喜欢写点小诗，都喜欢地方文史，连我们这个年纪很少有人关注的传统戏曲，我们居然也都喜欢。但生活中我们却不是那种混得热络的朋友，他住西塘，我住魏塘，平时大家都忙，很少见面，也很少联络。仔细算算，之前的很长一段时间，我们一年难得见几次面，我们甚至都缺席对方生命中重要的时刻，我们各自在网上建了博客也没告知对方，互访很长时间后才知道。但这并不影响我们的友谊，我们喜欢这样的相处，淡淡的，长情的。

第一次去他家时，看到他家里摆放着很多精美的木雕件，都是老房子中的物品，是他利用休息天到附近一带去收来的。他说以后要办一个木雕博物馆，把这些木雕件集中起来。很快，他置下了一处老宅。这座老宅的主人我正好认识，他们还通过我捎过相关房屋的材料。看得出原主人对这幢老宅也是蛮有感情的，有点依依不舍，但主人跟我说了这么一句："这座房子交给小蒋我们是放心的。"几年以后，这座叫"余庆堂"的老宅，成为西塘古镇上的一个著名景点——"西塘明清民居木雕陈列馆"，每一个进来参观的游客，面对这样一座精致的江南老宅和满屋子精美的木雕，都赞叹不已！很多海内外名人也是慕名而来，还成为多部影视剧的拍摄基地。

我曾跟人解释过，凡是写西塘的文章，只要署名"蒋国强"的，基本是西塘蒋国强写的。在我眼里，身为西塘人，他对西塘的热爱和对西塘的感悟，似乎远胜于他人。凭着他对西塘的熟悉和了解，他写了很多这方面的文字，也拍了很多这方面的照片。我对西塘的认识，大多通过他的介绍。他第一次带我逛西塘时，西塘还没有开发，他犹如一位称职的导游，将西塘的胜景一一细说，那时的他已经看到了西塘的未来，并做好了准备。等到木雕馆初具规模后，我又陆续收到他精心编写的图文集《诗画西塘》、他亲自设计的西塘风光明信片、邮资封、书签等，上面的照片都是他自己拍摄的。这些精美的文创品，通过木雕馆这个窗口，同样被游客带到了世界各地。而所有他对西塘的故园情结，我们都可以从他的文字中感受得到。

在他写西塘的文字中，有一部分是写西塘人的，这些人有的是他的忘年交朋友，如版画家王亨、书法家江蔚云、画家卓士浩、篆刻家邬燮元等，有的是他的亲人、同学、朋友。平时的他，说话理性；文中的他，则情感浓烈，对朋友的那份真诚的爱毫无保留。他追忆那些故世友人的文章，常让我看到眼睛湿润。他深深懂得，人的一生中有幸与相知者同行是一种缘分。当准备出自己的文集时，他毫不犹豫地选择要先出一本写人的集子，而且书名也不想迁就字数，就叫《与相知者同行》。

说起这本文集的出版，我也要特别提到，我们的这一套丛书作者中，最早并没有他，不是没想到他，而是其他作者的踊跃，没等我联系他，名额已经满了。后来即将签约时，有人因故退出，措手不及之时，我联系上了他，请他帮忙。他二话没说就答应了，为我们这套丛书的顺利出版助了一臂之力。他提出让我写序，我觉得这是件有趣的事，就一口答应。想想一个叫蒋国强的人为另一个蒋国强的书写序，太好玩了！而写一写与自己同名同姓的他，也是我一直以来的想法，现在则是水到渠成！

（此文系蒋国强著《与相知者同行》序）

失
学
记

一

1975 年，我小学毕业，升入就近的中学。多年以后我才知道，这所中学的前身是天主教会办的私立学校，创办于 1939 年，1943 年附设初中班。小时候，我经常去这个学校里玩，校园里有一座假山，山上有个亭子，山下有个池塘，还有一个大礼堂，礼堂里有乒乓桌、双杠，还有个偌大的操场。这里简直就是我们童年的乐园。也是多年以后才知道，这里原名"息园"，为明崇祯年间太子太保文渊阁大学士钱士升所有，清康乾年间归著名养生家曹庭栋所有，改称"东园"，其为供奉老母建了"慈山"，山上建了"产鹤亭"，就是我们说的"假山"。现在这里是一个县级文保单位。

我们这一届学生人数较多，学校一下承受不住，先安排了初中六个班，每班五十多个学生。原来的小学增设初中班，离小学近的学生继续留在小学"初中班"学习，到了初二再转到就近中学。所以到了初二，我们年级共有八个班。

我们是二年制的初中，课程除了语文、数学外，也有政治、英语、物理、化学、地理、历史、农业、卫生，还有体育、劳动。每天上午的第一节课一定是自修课，而内容是学习《毛泽东选集》，从第一卷学到

第五卷。班主任老师让普通话比较标准的学生轮着上台念，很荣幸我是经常被叫上台的学生之一。

从初一到初二，我们要完成学工、学农和学军三项任务，这是当时学生的必修内容。我们其实是很喜欢这样的活动的，尤其是学工和学农，都感觉很开心。学工是学校安排学生到工厂去实习一个月，跟着工人师傅一起干活。我被安排到一家镇办胶木厂，在压机车间，帮工人师傅把刚从压机上出来的胶木产品修整一下。放到现在，这样的安排肯定属于破坏安全生产，岂能让学生在压机旁干活呢，而且还要跟着工人师傅一起上深夜班。学农是背着铺盖坐船到乡下锻炼一个月，有的学生就在农民家同吃同住。因当时农村居住条件都很艰苦，农民家也容不下我们这么多人，我和其他几名男生就合住在一个大仓库里，地上铺着稻草，大家并排睡在一起，晚上关了灯尽说瞎话，即使旁边还有一位学校领导，大家也都不忌讳，很开心。农活也不累，最难受的是让你在田里洒猪粪，又臭又冷。最没意思的是学军，叫来几个官兵，一早在操场上练操。有一天我睡过头了，走到操场上，人家已经排队练了很久了，我走也不是不走也不是，最后被老师叫了过去，刚站在队伍中，训练就结束了，当时那个窘啊！

现在的学生根本无法想象当年的那个课堂纪律，老师在上面讲课，学生照样在下面交头接耳，嗡嗡的声音，总是盖过老师的讲课声，老师发了下火，稍微好些，马上又如法炮制，渐渐地，老师也习以为常了，你说你的，我讲我的。学生在课堂上走出走进是常事，即使老师把教室门关上，有学生照样要打开，或者直接一脚踏到课桌上，再从窗口跳出去。多年后我在姜文的电影《阳光灿烂的日子》里看到冯小刚扮演的老师在课堂上的这一幕，竟是惊人地相似！

二

初中两年中，作业几乎没有，每学期结束根本不用考试。然而，即将毕业之时，却要求进行毕业考，而且全年级八个班级同时放在一起考，考场设在大礼堂里，四百多位同学不分班级对号入座，实行闭卷考试，所有任课老师，全成了监考老师。

看到这个场面，很多同学都傻了！有的女同学当场吓哭了。

考试考了两天，分别考了政治、语文、数学、英语、物理、化学。考试难度其实不大，都是基础的东西，只要平时老师讲的你都听进去了，基本能过关。但两年的光阴，用于学习的时间实在不多，又是如此吵闹的课堂纪律，试卷对于很多同学还是有点吃力的。

我觉得自己考得还是很轻松的，交完卷后到门口一对答案，八九不离十。

这次的大考结果，最终其实是没有公布，因为后来其实并不是按成绩升学的。三十八年后，因为筹备四十年小学同学会，通过在母校任教的同学取得当年的毕业花名册，终于看到了所有同学当年这次考试的各科成绩。

而我比其他同学更早看到了自己的成绩。

考完试后就放假了，老师让大家在家等升学通知。这就等于是初中毕业了，而对于有些同学来说，如果读不上高中，他的学生时代就算结束了。

高中不是人人都可以上的，这是班主任老师在最后一学期的课堂上，经常会提醒大家的。我们同学私下里也会聊到这个问题，个别成绩不太理想的同学总会有些自卑感，在我面前总是说你肯定能上的，我说未必，他们就会说我谦虚。他们不知道，我的担心不是多余的。

从小学二年级开始，我就知道了自己的家庭出身是不光彩的。那时老师发下来一张表格，让我们回家叫家长填。当我把表格拿出来时，全家人的表情都很凝重，上面的"家庭出身"一栏，引发了母亲的一阵埋怨，父亲则是喝着闷酒。

从母亲的唠叨中，我大概了解了这个"家庭出身"的由来。

父亲从祖辈手上继承了一个药店，惨淡经营了几年，乘着家族分家，母亲劝父亲把店盘了，各自给人去做伙计，父亲觉得丢不起这个脸，又硬撑几年，撑到公私合营，公家诞生了一家县城最大的药店，我家得到了一个让我们永远抬不起头来的家庭成分。"害子害孙！"这是母亲经常数落父亲说的话。家里的哥哥姐姐因为这个家庭出身，读书没份，当兵没份，后来插队上调也都没份，一直到全部知青返城才回来，一个哥哥，两个姐姐都有十年以上的插队经历。姐姐当时跟我说过这样的话："我们家的人只能夹紧尾巴做人。"

但当时我还抱着一丝希望，因为现在已是一九七七年，一切都在拨乱反正，"唯成分论"应该休矣！

这个暑假过得似乎有点慢。

一天下午，我在街上见到陈同学，手里拿着一沓纸，一脸的欣喜，说高中录取通知书出来了，他录取了，但他这里好像没我的通知书，他说是班主任陆老师让他去发的，让我去问下。

那是个阳光灿烂的下午，而我的眼前乌云密布。

三

我像被人重重击了一拳，胸口发闷，精神恍惚，回到家，一头倒在竹榻上，呆呆看着天花板。母亲见我这般模样，问我什么情况，我如实相告。母亲的火暴脾气又上来了，首先遭殃的是父亲。数落完父亲后，母亲还是愤愤不平，她知道儿子的读书成绩和在学校的表现，每学期都拿回一张"三好学生"奖状，也曾经在开家长会时与班主任陆老师沟通过。她要带我去找陆老师说理去。

其实是我带母亲来到学校的教工宿舍陆老师的家门口，陆老师估计也没想到我们会去找他。母亲在家里会埋怨这个埋怨那个，在外面还是比较克制的，只说了几句学校这样处理不公平之类的话，并没给老师过多的难堪，就回家了。多年以后我知道，其实班主任可以向学校推荐和保送学生的，因为有同学因为家庭出身问题被学校刷掉，是班主任去帮助争取过来的。我对陆老师的隔阂从此产生。现在想想，他当时境遇其实也一般，他原是个俄语老师，当学校取消了俄语教学，等待他的就只能当个尴尬的角色。他是我们的班主任，兼教我们地理，地理课不算主课，他跟我们接触最多的时间是每天的早自习，交流实在不多。而他烟不离手的教师形象，估计也不会受学校领导待见。

我已经绝望，但家里人没有放弃。大姐夫刚从外地调回来，在县政府机关上班，算是家里唯一在场面上的人，他提出明天到学校帮我去找找人。

第二天上午，姐夫带我去了学校，先找了校党委书记Y，他在一个教室里开会，出来跟姐夫说了几句话，态度不是很友好，我们又找校革委会主任X。

在大礼堂二楼的走廊上，我们听到从主任办公室里传来女同学的哭声，一边哭一边在说："为什么我爸爸的事要影响到我上高中？"不一会儿就见女同学抹着眼泪出来了。我认识她，隔壁班的，父亲是银行领导。我们进去后，姐夫说明了我们的来意，主任和蔼可亲地接见了我们，说这届学生实在太多，只能按学校的一贯政策，优先录用工农兵子弟，而像我这种情况的也不是我一人。姐夫强调我的学习成绩，希望学校能够考虑。似乎想要核实我的真实成绩，在姐夫的要求下，主任拿出了成绩统计表。在挂满红灯的一份名单上找到了我的成绩，各科都在 90 分以上。面对这样的成绩，主任似乎也无话可说。不知是想打发我们还是想给我们有个交代，他说让我等到开学前一天来，因为据他了解有个学生生病了很长时间，有可能不来报到了，到时这个名额就让给我。话说到这份上，也只能到此为止。

就是这么一个微乎其微的希望，也让我十分期待，我实在想象不出，如果我不读书，我该怎么度过今后的日子？

终于熬到这一天，还是姐夫带我去，但这次我没有勇气走进办公室。我站在走廊上，听着里面的对话。"很抱歉，那位学生已经来报到了，我们实在没有名额了……"没等他说完，我已转身离去。

这一年，停止了十年的高考制度恢复了，统一考试、择优录取，很多人的命运就此改变。

而我的学生时代就这样结束了，这一年我十五岁。

四

1997 年，初中毕业二十周年，生活和事业都顺风顺水的我，觉得应该把二十年前的这段历史写下来留个纪念。写完后，我投给了一家杂志。过不多久，收到责任编辑的一封信，很抱歉地告诉我，此文已通过二审，但终审否决了，并随信寄来了编辑部的审稿单，上面清楚地写着每一位编辑的意见。一审是"题材新，有分量"。二审是"发"。终审却是"拟不发"，理由有两条，其中一条是"违背了历史的真实"。怎么才二十年时间，有人就已经觉得这是不可思议的事？为此，我很生气，给这位总编去了一信，表示自己写的都是事实。这位总编倒也很有耐心，给我回了信，表示他对这件事情的不同看法，"皆属工作中仁者见仁，智者见智之事"，而对于责任编辑把内部发稿单寄给我一事，明显地表达了他的耿耿于怀。

为此，我自责良久。至今还在想：这位责任编辑，现在还好吗？

蒋先生

收藏界一位朋友收到一批原嘉善中西药公司的人事材料，知道我家与医药公司有关系，就把其中一份《自我改造规划》的封面拍照发我并留言："禾塘兄好，帮忙问问，有谁知道这个人，谢谢！"我一看上面的名字，大为惊讶，是我父亲！时间是 1964 年 7 月 25 日。我回复："能给我看看内容吗？"他说："可以呀。认识吗？"我说："认识。"他发来了三页手稿照片。我第一次见到父亲写的字，笔锋稳健，笔画工整，一丝不苟，一如他的为人。朋友追问："亲戚？"我坦白："我父亲。"

父亲的这份《自我改造规划》，是学习班的成果，需要归档保存。父亲可能没想到，自己一手漂亮的字，会用来反复写这种自我反省的东西，而且被保存下来。他更不会想到，自己当年离开父母去蒋家当学徒，以后会经历如此多的坎坷，后来的日子就像药店柜台上那块抹布，苦味怎么也无法抹去。

蒋家的药店"介育堂"原来开在俞家汇集镇上，父亲去蒋家做了养子，也是学徒。一场大火把药店烧了个精光，蒋家把药店开到了清凉庵，惨淡经营十年后，再转移到魏塘东门大街王家弄口。那里店铺林立，商贸繁荣，虽已有几家老字号的国药铺，但有多年药材生意的"介育堂"，凭着经验和口碑，还是在魏塘站住了脚，"介育堂"国药铺渐渐远近闻名。

继祖父过世，族中要求分家。父亲拗不过人家，只得同意分家。但一个有字号的药铺，分家比较麻烦。据说当时方案有两个，要么拿钱走人，要么给钱让人走。因为父亲拿不出钱，只得退出。

母亲算是个明白人，日后多次听她唠叨，当时如果听她的，我家就不会这么不顺。母亲的意思是让父亲拿钱走人，两人去给人当伙计。父亲怎么肯如此屈服，硬是借钱，在"介育堂"不远处，另开了一爿药店，取名"蒋介育堂"，并雇用了自己的两个学徒当伙计。惨淡经营几年，听母亲说，店中欠账越来越多，父亲脸皮薄，没好意思催款。

不多时，新中国成立。到了划分阶级成分时，因为父亲带了两个学徒，算是店里的伙计，父亲被划为"工商"。到了1956年公私合营，父亲成为嘉善中医药公司的一名普通员工，而店里的伙计成了父亲的领导，当了公司的经理。

可以想象，父亲的日子过得有多憋屈，这从父亲留下的这份《自我改造规划》中就可以感受得到。而实际工作中，父亲肯定也经历了许多的不堪，只是他没有跟我们说而已。比如他原在离家较近的东门马路口药店（也是原"蒋介育堂"旧址），把他贬到离家很远的西门大街中医药门市部工作，后来划归为供销社药店。记得当年我顶替他工作，他向领导请求不让我到药店工作，在旁人看来药店在供销社算是不错的部门，为何不让我去。我后来才了解，药店的中药整理是一件既脏又累的工作，他怕我吃苦。可以想象，父亲当年从一个老板到普通店员都经历了什么！

印象中，父亲一直是沉默寡言的人。每天早早起来，临上班前，一定要把自己的皮鞋擦得锃亮，头发一定要梳理得一丝不乱，才笃悠悠出门，步行半小时左右到单位。他看药方能力很强，很多病人都直接找他配药，甚至上我家里来问病。他的一个徒弟也练就了这个本事，后来成为小镇上远近闻名的坐堂药师，退休后还被药店聘用，专为病人在药店开方配药。

父亲为人低调，有求必应，行事慢条斯理，人人叫他"蒋先生"。那时，大家都彼此以"同志"相称，但对父亲还是以"先生"相称。

父亲在家中，每晚必定要喝一口小酒，酒是隔壁酒酱店里零拷的白酒，下酒菜比较随便，哪怕就几粒花生米。他最常吃的下酒菜是臭豆腐干，油煎的那种，人民广场对面傅家的臭豆腐干是比较有名的，父亲下班时会经常带几块回家，退休后则让我去为他买，每次必须把红辣酱涂抹在豆腐干上面。

父亲常常一个人自斟自饮，从不跟人多嘴，哪怕母亲在一旁不停地唠叨，他也不说一句。有一次在喝酒，楼上那户女主人拖地，水没挤干，顺着木地板滴到我家餐桌上，父亲正一个人喝酒，由于我家是借住楼上那家的房子，那时正在为房子的事闹得有点不快，父亲没去喝令人家，独自在桌上撑个伞，继续笃悠悠喝着。

我家因为家庭出身问题，弟兄姐妹几个在工作、学习方面都受到了影响，包括我。母亲每当不顺心都要借此数落父亲，如果当初听她的就不会这样。父亲总是一声不吭，喝着闷酒。有一次，可能实在触到了心境，他坐在桌上，把一个酒杯狠狠掷向了天井。

父亲一生郁郁不得志，现在能查到他的高光时刻，应该是1950年，当时他被推选为魏塘镇各业同业会国药业主任 [见《嘉善县商业志》（中华书局2019年第1版）]。有关同业公会，据《嘉善县商业志》记载："维护并增进同业的公共利益，矫正营业之弊害。主要任务是：拟定商品共同购入计划；对会员营业指导；负责行业的统计和统制；代表商人利益向政府陈述意见。同业公会的领导，以民主选举产生，但多为同业大户或有声望之士担任。"

那一年，蒋先生三十七岁。

小田的故事

那天在一条偏僻的街上碰到她，我很惊奇，她怎么会出现在这里。一问才知她最近在她儿子家，儿子最近生了小孩。想不到她儿子也结婚生子了，我才觉得我们是很久不见了。我笑着说你能帮得了什么忙，她说有保姆，她只是帮着看看。"儿子生小孩嘛总有来看看的。"她也笑了。我发现她的眼角眉梢有了很多皱纹。几年不见，她是老了。

她曾是我的一个同事，但在两个部门工作。她是个开票员。她开票时，龙飞凤舞，刷刷刷，节奏很快，一如她走路的姿势，身子前倾，双脚摆动的幅度很小，频率很快，仿佛后面总有人追上来似的。她随和，与世无争，因为姓田，直到退休，全单位老老少少叫她"小田"。

得知她退休我很惊讶。白皙的脸庞，利索的身手，轻盈的步态，一点也看不出是个已到退休年龄的女人。她退休后，继续在原部门留用，虽然那时每月才多拿一百来元的差额工资，但她说闲着也是闲着，主要是来散散心的。

由于部门相邻，我偶尔也去串串岗。有一天，我见她在偷闲看一本厚厚的书，就随便问道："看什么书？"她给我看了看封面，是一本外国书，很陌生的书名。

"你怎么看这种书？"我以自己的欣赏标准随口说道。

"看什么书呀？你有什么好书借我看吗？"

"你要看，我借你几本。"

隔几天，我借给了她两本书，一本是路遥的《人生》，一本是《培根论人生》。

几天后，我又去串岗。

"这两本书怎么样？"我问道。

她从账台上探出头来，眼睛里透着光，语气铿锵地说："好看！竟好看的！"她喜欢在语气中用"竟"字加以强调。"高加林这个人物刻画得竟深刻的，巧珍怎么配高加林呀……"她说起来滔滔不绝，我没想到一本书会令她像年轻人一样神采飞扬。她说为了看这两本书，把饭都烧焦了，晚上看得很晚，眼睛都有点痛。"我是一个字一个字看的，生怕漏掉，有几段竟看了几遍，有些地方竟抄了下来。"她还对《培根论人生》赞不绝口，说把人生写得太透彻了，她太喜欢了，竟整段整段地抄录，准备留着以后慢慢看。有些段落她竟背了下来，说着就背了起来。她要我再借她几天，我欣然答应："不急，你慢慢看吧。"

几天后，她来还书："喏，原样还给你。连个折影也没有，我用书签夹的。"我不由得暗笑她的啰嗦。她跟我说，前天她特地调休了一天，跑了当地所有的书店，嘉兴、枫泾等附近的书店都去找过了，都没有《培根论人生》这本书，她昨天已写信给出版社，准备邮购这本书。我被她的这份痴迷深深折服！这本书当时才二毛七分，但她调休一天的工资加上往来路费，已是这本书的几十倍了。我想她既然这么喜欢这本书，就决定把这本书送给她。"不不不！"她连忙推辞，"你留着，反正重要的部分我都抄了下来，以后总会有这本书的，你只要以后多借我一点好书就行。"

以后，我又向她推荐了三毛的书。很快，她就迷上了三毛，直夸三毛不简单，对三毛的洒脱不羁佩服得五体投地。知道三毛喜欢贾平凹的书，又四处寻觅贾平凹的作品。可惜当时书店正处于萎缩期，小地方更是难觅好书。直到几年后，贾平凹籍一部《废都》风行于世，她才如愿以偿，一气买下了包括《浮躁》在内的一套四册的贾平凹自选集，书价自然不菲。让我感慨的是，生活中她俭朴得近乎抠门，从不乱花一分钱，穿的衣服都不知是什么年代的，有的还有布丁。我好像从没见过她穿过皮鞋，常年是一双布鞋，雨天是一双解放鞋，整个形象与这个时代简直格格不入。而在买书方面，却毫不吝啬，令我叹为观止！

由于书的缘故，我对她逐渐有了更多的了解。

她从小丧母，是在继母严厉的管教下长大的。家里她是老大，也是佣人。读到初中，家里就让她停学了，在家料理家务，带小弟弟。在一次县政府公开招聘工作人员的招考中，她以优异成绩被录取了，在一个机关里当了一名文书。后来，被贬到远离县城的小镇，当了一名营业员，每天上下班，都要走一个多小时的泥路，隔了好几年才调回县城。虽然当时是作为一名干部下放的，但上来时什么也没有了，直到退休，也还是一般职工。别人怂恿她把干部编制争取回来，她说算了，没意思。

她结过两次婚，一次是一位同事，由于受不了对方寻死觅活的苦苦追求，她心一软，答应了。婚后生了个女儿。由于两人在生活习惯、脾气性格等诸方面的差异，她提出了离婚。男方死活不肯，但她已铁了心，一个人住到了集体宿舍，什么东西也没拿。由于一方不同意，法院判不了。结果，一拖就是八年。最后，她才在别人的指点下，在离婚申请书上违心地写上"本人受资产阶级思想的影响"的字句，法院才给判决了，女儿判给了男方，也因此女儿始终不肯认她。听到女儿结婚了，她特意烧了一个女儿最喜欢吃的菜，送到女儿的厂里，女儿却不肯出来见她一面。

人到中年，她再披婚纱，对方比她小好多岁。有人对她说，男人找岁数比他小的女人，这男人有魅力！女人找岁数比她小的男人，这女人有魅力！她认这一点。况且，男方很正派，婚后确实过了一段如漆如胶的日子，不久就有了一个男孩。然而，还是由于个性的差异，尤其是年龄上的差异，随着孩子的降生，两人在情感上，从形式到内容都渐渐疏远起来，经济也各自为政。

现在，儿子是她的骄傲。儿子很聪明，大学毕业后，凭着优异的成绩，自己找到了一份满意的工作。

她跟我说起过，她喜欢过一个人，是她弟弟的小学代课老师，当时才二十岁，很英俊，待她很好。后来他要回杭州老家了，临走他对她说：跟我一起去吧，我让你去读书。她说我怎么敢呀！后母这么厉害，不行不行！他又提出：我以后写信给你。"哎呀，那更不行了！后母一直在骂我，如果让她发现有男人给我写信，那还了得！不行不行！"他又提出寄信给她兄弟，由她兄弟转交，她也没答应。他走了，以后就杳无音信。她说："他可能当兵去了，可能干别的去了。但我肯定，如不出意外，他一定还健在。"

她跟我说有一次，她在店里见走进一个人，很高大，军人模样，很像他，就上前贸然问道："你是否姓徐？"那人说不是。"噢，不是啊？那我认错了。"

当时看着她一脸落寞的神情，我不禁喟然长叹！

后记

当阿滢兄来电问我是否愿意在三四天内提交一部散文集的书稿时，我居然马上就答应了。他让我等会儿先报个书名，我不假思索脑子里就挑出一句昆曲的词："则见岁月暗消磨。"就用这名！而在整理书稿时，我越发觉得这书名实在太合适了。

拙作《从黄金时代走来》出版至今已有近十年了。这十年，我在文字上有什么作为和突破吗？汗颜哪！写作，一直是自己的爱好和追求，但自己玩性重，不愿在一个地方花费太多的时间，而没有时间投入的领域，是不可能有理想成就的。既然现实如此，自己以后应该也不可能再出所谓的文集了，这次就当是对自己写作的一个总结吧。这样一想，书稿的整理就少了很多顾虑。

写丰子恺和他的儿女们是我最早定下的写作计划，现有的资料和成果虽不足以形成专著，将已有文字以单篇逐步呈现，也算对这个选题的一个纪念吧。

民国才女褚问鹃是我最看重的一位先贤，我所占有的材料和对她个人价值的认识，自认无人可比。帮她出文集和立传已成为我此生的终极目标，哪怕知道困难重重。

因为喜欢阅读，让我有幸参加了几次全国民间读书年会，结识了很多全国的书友，与他们的交往单纯、快乐，即使琐碎，也要记录这个过程。事后看看，还蛮有趣。

　　昆曲，其实消磨了我最多的闲暇时光。本来只是自己的兴趣爱好，现在已然成了一种使命和责任。当一种古老艺术养在深闺人未识时，传承显得尤为重要。我想为昆曲做点记录，只是动笔太少。

　　我一直写的是别人的故事，因为这些人值得我关注，在他们的故事里我也得到了滋养。但在第三辑里我放了几篇很个人化的且从未示人的旧作，整体来看可能不协调，甚至突兀。但我前面说了，这应该是我最后一部文集了，我需要留下点纪念性的东西。好在书名可以涵盖这一切。

　　这么多内容凑成这本书稿，够大杂烩了，不过都是我想写且不舍得扔掉的文字，现在只是汇集一下，对于我个人来说，总比散落在电脑硬盘里有意义得多。

　　一直很仰慕周立民老师的文学才华，蒙他不弃，在我第一本拙作《从黄金时代走来》的读书分享会上，帮我做了精准的点评，很多的真知灼见，对于像我这样的业余作者，是很受鼓舞的，也很有启发的。很想请他帮我这本文集写个序，见他实在忙得不可开交，急中生智，从他上次读书分享会上的发言中摘取两段文字代为序，并征求周老师的意见。周老师是个好人，不好意思拒绝，让我就这样如愿以偿，呵呵！

禾塘 2024 年 10 月 16 日于介育斋